나는 안티카페 운영자

나는 안티카페 운영자

정연철 지음

주니어김영사

기승전오사랑

문제는 엄지손가락의 방향이다. 엄지손가락을 위로 올리느냐 아래로 내리느냐에 따라 천당과 지옥을 생생하게 체험할 수 있다는 거. 마치 드롭 타워 놀이 기구를 탈 때처럼. 하지만 엄밀하게 따지면 엄지손가락과 놀이 기구에는 어마어마한 차이가 있다. 놀이 기구가 급강하할 때 우리는 안전장치가 있다는 전제가 주는 안도감 때문에 그 스릴을 즐길 수 있다. 반면 엄지손가락의 경우처럼 가치 판단이 개입되면 상황은 180도 달라진다. 엄지손가락이 아래로 내려가는 상황에 반복적으로 노출되면 왕따 신세로 전락하기 십상이다. 그걸 안 당해 본 사람은 모른다.

초등학교 5학년 때 일이다. 태풍 때문에 비가 억수같이 쏟아진 날 밤, 단톡방에서 나는 천재지변이니 보나마나 휴교일 거라고, 내일 실컷 늦잠 잘 준비나 하라고 불확실한 정보를 흘린 적이 있다. 아닌 게 아니라 타 지역에는 임시 휴교를 결정했다는 뉴스가 보도되었었다. 내 말을 믿어 의심치 않았던, 더 정확하게는 하루쯤 그런 행운이 찾아오길 손꼽아 기다리던 애들 다섯 명은 이튿날 보란 듯이 결석했고, 뒤늦게 담임 선생님의 연락을 받고 10시가 넘어서야 부랴부랴 죄인처럼 등교했다. 그런데 나는 그날 지각하지 않았다는 것, 거기에 문제의 심각성이 있었다. 애들은 틈날 때마다 나를 향해 신용 불량자라고 야유를 퍼부으며 엄지손가락을 내리는 동작을 무한 반복했다. 인기를 한 몸에 받고 비상하다가 성 추문이나 탈세 의혹 같은 각종 스캔들로 졸지에 추락하는 유명 연예인과 별반 다르지 않았다. 원인 제공자가 나라는 걸 선생님한테 고자질 안 한 애들의 의리에 큰절이라도 올리고 싶은 심정이었다. 난 한동안 왕따나 다름없었고, 지옥을 경험하고서야 앞으로 결코 헛소리 따윈 하지 않겠다고 맹세했다. 하지만 얼마 뒤, 견고했던 맹세는 뭍으로 나온 오징어처럼 흐물흐물해졌다. 운동회 때 내 활약에 힘입어 우리 반이 당당히 학년 우승을 차지했기 때문이다. 그때 애들은 저마다 엄지손가락을 추켜올렸다. 그로써 수치스러운 과거는 깔끔하게 청산되었다. 인생이 그렇다. 오르막이 있으면 내리막도 있는 법. 반대로 내리막이 있으면 오르막도 있는 법. 하지만 거기에서 오는 스릴은 영 적응이 안 된다. 가급적 애들이 엄지손가락을 올리는 상황이 지속되기를 바랄 뿐이다. 근데 사람 일이라는 게 마음먹은 대로만 되는 게 아니다. 십여 년 살아보니 그게 인생의 이치라는 것쯤은 알겠다.

중학생이 되고 나는 교복을 입었다. 애들은 불편하다고 불평을 토했지만 나는 삐걱거리는 인생의 나무 계단 한층을 밟아 올라간 것같이 뿌듯하기 그지없었다. 교복은 나를 어린이에서 청소년으로 격상시켜 주었다. 내 또래 애들이 대개 그랬듯이 나도 당시 '대가리에 피도 안 마른 게'라든지 '우쭈쭈 우쭈쭈, 그러셨떼여?' 같은 말을 들으면 피가 역류하는 느낌이 들곤 했다. 이제 그런 말을 들을 나이에서 한발짝 비켜선 느낌? 무엇보다 '청소년'의 '청'이라는 말은 듣기에도 발음하기에도 참 좋았다. 온몸에 푸른 물이 드는 느낌이랄까. 어느새 초등학생들을 보면 하는 짓마다 오글거리고, 왠지 모를 연민의 감정이 생긴다.

나는 초등학교보다 한 차원은 높을 것 같은 중학교 생활에 대한 기대감으로 한껏 부풀어 올랐다. 초등학교 6학년 때의 추억이 흑역사였던 나로서는 묵은 때를 훌훌 털고 높이 비상하고 싶은 욕망이 강했다. 하지만 첫 학급은 기대 이하였다. 마치 개판 오 분 전 같은? 애들 대부분이 조증에 가까운 감정 과잉 상태였다. 수업 시간이건 쉬는 시간이건 무슨 건수가 생기면 벌떼처럼 달려들었다. 그 야단법석에 하루 종일 귀가 멍멍할 지경이었다. 선생님들의 눈 밖에 나는 건 당연한 결과였다. 한마디로 답이 없는 반. 2학년이 된 지금 반 애들의 성향은 정반대이다. 처음에 난 내심 안도했다. 하지만 알고 보니 더 심각한 문제를 안고 있었다. 대부분 땡볕에 운동장 뺑뺑이를 돌고 난 뒤 퍼더버린 애들 같았다. 열정도 의욕도 생기도 느껴지지 않았다. 학기 초라 긴장된 탓이겠지, 하고 넘어갔지만 일주일이 지나고 한 달이 지나도 반 분위기는 변함이 없었다. 우리 반은 선생님들의 질문이나 유머에 별 반응이 없어 '술에 술 탄 듯 물에 물 탄 듯한 반'이라고 정평이 났다. 선생님들은 진도 빼기에 급급했고 그래서 진도는 타의 추종을 불허할 정도로 빨랐다. 운도 더럽게 없었지만 나는 매일매일 즐겁게 생활하려고 노력했다. 절친들이 있고, 탄산음료 같은 쉬는 시간이 있고, 급식은 맛있었다. 즐겁지 않을 이유가 없었다. 심지어 청소까지 즐거웠다. 주는 것 없이 미운 눈엣가시형 애들도 엄연히 존재했지만 크게 개의치 않았다. 나는 반에서 분위기를 좌지우지할 정도로 존재감이 컸고, 그건 1, 2학년 담임 선생님들도 인정했다.

선생님은 나한테 자주 '엄지척'을 날린다. 인정을 받으면 내가 중요한 사람이 된 것 같은 기분이 든다. 사실 우리 반은 내가 안 나서면 되는 게 거의 없다. 대놓고 말한 적은 없지만 반이 그럭저럭 굴러가는 건 내 덕분인지 모른다. 하지만 선생님이 아무리 특급 칭찬을 해 줘도 애들 반응은 대체로 심드렁한 편이다. 동경이와 예리가 박수를 유도해도 건성으로 치고, 그것도 흐지부지 끝나기 일쑤다. 그래도 난 뭐 내 멋에 사니까. 그게 나니까. 가만히 내버려둔다고 푸른 물이 절로 드는 건 아니다. 부단한 관리와 노력이 수반되어야 한다.

그런데 언제인가부터 푸르던 내 삶의 빛깔이 푸르뎅뎅해졌다. 어쩌면 그건 푸른 멍일지도 모른다. 매일 즐겁지만 한편 슬프다. 이유? 이쯤에서 그만 생각해야겠다. 괜히 우울해진다. 여기는 학교고 적어도 학교에서만큼은 행복해지고 싶다.

얼마 안 있으면 체육 대회다. 전염성 강한 바이러스 때문에, 진도가 제법 센 지진 때문에 연기되다가 결국 11월 초에 열리게 되었다. 나는 다른 건 몰라도 체육 하나만은 자신 있다. 어릴 때부터 대학에서 레저 스포츠를 전공한 아빠의 적극적인 권유로 여러 가지 스포츠를 즐겼다. 또래 여자애들이 발레나 피아노나 미술 학원에 다닐 때, 나는 태권도와 인공 암벽 등반과 수영과 인라인스케이트와 스키 같은 걸 배웠다. 그 덕분에 운동 신경이 발달해 체육 시간에 선생님한테 인정도 많이 받고, 남자애들을 제치고 시범 조교로 발탁되기도 했다. 나는 하루빨리 체육 대회 날이 오기를 학수고대했다. 그날은 내가 창공으로 비상할 날이었다.

나는 헐레벌떡 교실로 뛰어 들어와 직접 발품을 들여 입수한 정보를 전달했다.

"야야야, 다른 반 애들 난리 났어. 반티는 기본! 피켓 만들고, 노래 개사해서 응원가까지 만들고 있다고. 완전 축제 분위기야."

오두방정에 가까웠다. 그런데,

"어쩌라고?"

반장의 반응이 고작 이랬다. 선거 때는 노예가 되겠다고 공약을 내걸더니 당선된 후 안면 몰수다. 막 따지고 들면 '모른다.', '기억 안 난다.' 하며 얼굴색 하나 안 변하고 말한다. 선생님이 볼 때는 잠시 반장 코스프레를 하고 그 순간만 지나면 좀비형 공부벌레의 본색을 드러내고 만다. 반 애들은 하는 짓이 청문회에 증인으로 나온 국회 의원들 뺨친다고 비아냥대지만 아랑곳하지 않는다. 그 일관성만은 존경받아 마땅하다.

"멋진 추억 하나쯤 간직해야 한다고 봐, 난. 수학여행 때도 완전 시시했잖아."

난 톡 쏘아붙이듯 말했다.

"그건 네 사정이고."

반장의 퉁명스러운 대꾸에 짜증이 났다. 설마 그게 매력이라고 착각하나?

"그렇게 튀고 싶냐?"

반장은 시선을 책에 박은 채 빈정거렸다.

"장난 똥 때리세요? 그래, 튀고 싶다, 어쩔래? 이 무늬만 반장아."

"개나 소나 다 반티 맞추면 반티 안 맞춘 반이 더 튀지 않나?"

결국 낚이고 말았다. 나는 괜히 뻘쭘해져서 애꿎은 책상 다리를 툭 찼다. 반장과 옥신각신 승강이를 벌이는 동안 여자애들은 체육 대회와는 무관한 수다 삼매경에 빠졌고, 정신 연령이 한참 떨어지는 남자애들은 욕설을 내뱉으며 장난치기 바빴다. 그 와중에 오사랑은 귀에 이어폰까지 꽂고 영어 공부하느라 여념이 없었다.

주는 거 없이 미운 눈엣가시형, 오사랑. 강력 우울 바이러스를 다량 보유하고 있을 것 같은 표정, 누구든 무시하는 듯한 기분 나쁜 눈빛, 바람 불면 픽 쓰러질 것 같은, 그래서 눈 삔 남자애들의 보호 본

능을 자극한다는 가냘픈 몸매 그리고 결벽증에 가까울 정도로 깔끔 떠는 성격 등은 오사랑 전매특허다.

"오사랑! 넌 이 상황에 영어가 뇌에 들어오니?"

오사랑은 코대답도 하지 않았다.

"야! 사람 말이 말 같지 않아?"

난 신경질적으로 오사랑 귀에 꽂힌 이어폰을 톡 치고는 눈알에 힘을 빡 주었다. 오사랑은 나를 거들떠도 안 보고 책만 주시했다. 역시 강적이다.

학교 마치고 집으로 가는 길에 동경이, 예리와 희희낙락 오사랑을 까느라 시간 가는 줄 몰랐다. 요즘은 대부분의 이야기가 '기승전오사랑'이었다. 험담할 땐 블랙홀에 빠진 것처럼 쉽게 헤어나지 못한다. 적당히 달구어진 프라이팬에 기름을 두르고 '오사랑'이라는 주재료를 넣은 다음, 맵고 짠 양념을 치고 지지고 볶으면서 배꼽을 잡고 깔깔댄다. 근데 막상 애들과 헤어지고 블랙홀에서 빠져나와 혼자 걸어갈 땐 기분이 좋지만은 않다.

집에 도착해 현관문을 닫자마자 기분은 바닥으로 추락했다. 습관적으로 한숨을 쉬고 텔레비전을 틀었다. 애들은 내가 집에서 사랑을 듬뿍 받아 밝고 명랑하다고 생각하겠지만 사실은 정반대다. 집에서 나는…… 외롭다. 마치 앙상한 나뭇가지에 붙어 있는 나뭇잎 하나가 된 기분이다. 그 마지막 나뭇잎도 언젠가는 바람에 흔들리다 떨어질 테고, 길거리에서 뒹굴다가 어느 구석에 처박히거나 지나가는 사람의 발에 밟히거나……. 아, 가련한 내 인생. 엄마는 늦게 퇴근할 거고, 아빠는 집 나가서 언제 돌아올지 미지수고. 이럴 때 달려들어 반기는 반려견이라도 있으면 좋겠다. 예리 집에 있는 말티즈를 본 이후로 반려견을 키우고 싶다는 생각이 간절해졌다. 시츄라면 더 좋겠다.

엄마는 근처 고등학교에서 기간제 교사로 일한다. 과목은 윤리. 사람들은 엄마의 삶이 윤리적일 거라는 선입견을 가지고 있다. 십 수 년을 살아본 결과 엄마는 적당히 이기적이고 종종 기회주의적이며 대체로 불의를 잘 참는 편이다. 사람들은 내가 어릴 때부터 각종 예의범절과 공중도덕에 대해 철저하게 교육 받았을 거라고 착각한다. 공동체 의식이나 봉사 정신이나 호연지기는 옵션으로 달린 줄 안다. 그 역시 오산이다. 내가 바람직한 가치관을 갖도록 엄마가 노력을 안 한 건 아니다. 금기 사항도 많았고, 잘못을 저지르면 반성문까지 쓰게 했다. 명심보감을 필사한 적도 있다. 하지만 등 떠밀려 억지로 하는 수박 겉핥기식 자아 성찰이어서 효과는 거의 없었다. 무엇보다 내가 아직 이 모양 이 꼴인 걸 보면 엄마의 교육 방식은 실패한 게 틀림없다. 그 원인은 전혀 윤리적이지 않은 엄마한테 있다고 본다, 난. 엄마는 사회적으로 비난 받아 마땅한 행위를 하는 게 몸에 배어 있다. 모범을 보여도 시원찮을 판에 말이다. 무단 횡단이나 새치기는 밥 먹듯이 하고, 지하철에서 노약자석에 앉아 자는 척한 적도 있고, 해수욕장에서 쓰레기를 무단 투기한 적도 있다. 이런 말까지 하는 게 창피하지만 계곡에 놀러 가서 노상 방뇨를 한 적도 있다. 엄만 생명 윤리 의식도 희박하다. 공원에서 꽃을 꺾는 건 예사고, 집에서 발견되는 거미나 개미나 바퀴벌레는 반드시 척결해야 직성이 풀린다. 엄마가 대학에서 윤리를 전공하고 지금 윤리 교사를 하는 건 대한민국 교육계 불가사의 중 하나다. 짜증 나는 건 엄마는 말과 행동이 따로 놀면서 나한테만은 도덕적인 사고와 행동을 요구하는 거다. 엄만 입이 열 개라도 할 말이 없다.

이제 나는 예전의 내가 아니다. 나는 중학생이고 청소년이라는 타이틀에 걸맞게 보란 듯이 반항도 할 거다. 요즘 나는 가슴속에서 용암이 부글부글 끓어오르고 있다. 여름 방학이 끝나갈 무렵이었을 거다. 엄마는 선발 인원도 얼마 안 된다는 교원 임용 고사를 준비하겠다고 통보했다. 앞으로 눈코 뜰 새 없이 바빠질 테니 내가 할 일은 알아서 하라고. 한마디로 자유. 처음엔 청소년이 된 기념으로 주어지는 특혜인 줄 알고 쾌재를 불렀다. 하지만 그건 나의 완벽한 판단 착오였다. 엄마는 퇴근 후, 독서실에서 밤늦게까지 공부하고 자정이 넘어서야 파김치가 되어 돌아온다. 나는 자연스레 '혼밥족'이 되었다. 엄마는 그냥 나 하나만 위해 살면 어디가 덧나나? 아니다, 사실 그건 좀 부담된다.

> **딸 뭐 해?** 오후 5:49

마침 아빠한테서 문자가 왔다. 아빠는 백수 생활을 전전하다가 큰아빠가 대표로 있는 골프장에 취직했다. 드넓은 잔디밭이 펼쳐진 18홀 컨트리클럽을 상상하지 마시라. 그냥 어느 지방 산자락을 깎아 만든 골프 연습장일 뿐이니까. 아빠는 지금 한 달째 그곳에 가 있다. 아빠가 그렇게 말했다. 그걸 곧이곧대로 믿는 건 아니다. 아빠가 집을 나가기 전날 부부 싸움이 있었다. 좀 격렬했다. 엄마는 늦게 퇴근한 아빠한테 다짜고짜 외도를 의심했다. 아닌 게 아니라 아빠는 야근을 핑계로 가끔 외박을 하거나, 출장을 핑계로 일주일 이상 집을 비우곤 했다. 아빠는 우수 고객 유치 차원에서 친절을 베푼 것뿐이라고 해명했지만 씨알도 안 먹혔다. 엄마는 우연히 보게 된 아빠 휴대폰의 문자와 사진을 증거로 내밀며 본격적으로 추궁했다. 자세한 내막은 나도 모른다. 몇몇 정보를 가지고 잠정적인 결론을 도출해 보자면, 엄마 아빠는 지금 중년의 위기에 처해 있는 게 확실하다. 더 불을 지핀 건 그날은 엄마 아빠의 결혼기념일이었고, 아빠는 기억도 못했다는 거다. 결국 아빠가 자기 무덤을 판 거다. 난 누구의 편도 아니다. 요즘은 아빠를 보고 싶은 마음과 원망하는 마음이 뒤죽박죽이다. 그리고 지금은 문자에 답하고 싶은 마음이 없다.

　나는 침대에 누워 우리 반 단톡방에 들어갔다. 외로움과는 거리가 먼 애처럼 한참 수다를 떨고 나왔다. 갑자기 아무 의욕이 없다. 밥맛도 없다. 씻는 것도 귀찮다. 집에 오자마자 학교에서 썼던 가면을 벗어던지면 몸이 폭삭 무너져 내리는 것 같다. 아직 동경이와 예리는

우리 집 사정을 자세히 모른다. 아는 게 싫다. 애들이 나를 동정하는
건 자존심 상한다. 나는 몸을 부르르 떨었다. 그런 일이 생기지 않으
려면 지금보다 더 밝고 낙천적인 애로 나를 포장할 필요가 있다.

　문득 정신을 차리고 보니 텔레비전 소리만 집 안을 가득 채우고 있
다. 그 소리라도 있으니 좀 덜 쓸쓸하다. 참, 이따가 아빠한테 시츄
사달라고 졸라봐야겠다.

지성이면 감천은 개뿔

체육 대회 날은 점점 임박해 왔다. 하지만 우리 반은 작전 회의나 응원 준비는 고사하고 아직 선수 선발도 안 된 상태였다. 선생님이 주번 1회 면제, 청소 당번 일주일 면제, 상점 5점 등의 푸짐한 혜택을 준다고 목소리를 높였지만 반응은 신통치 않았다. 결국 선생님은 두 손 두 발 다 들었다고 푸념하며 교실을 나갔다. 목마른 사람이 우물을 판다고, 또 내가 나섰다.

"야! 정말 기권할 거야?"

나도 모르게 울컥했다. 그래도 애들은 묵묵부답.

"우리 반이 무슨 개밥에 도토리도 아니고 너무 비참하지 않아? 살다 보면 하기 싫어도 해야 되는 경우가 있는 법이야."

동경이가 벌떡 일어서더니 근엄하게 말했다. 동경이는 가끔 선생님 같은 말을 해 애들을 고민하게 만드는 재주가 있다.

"나도 선수로 뛸게. 연약한 나도 뛴다는데 가만있진 않겠지?"

예리도 내 편을 들어주었다. 예리는 귀여운 외모와 애교 있는 말투 때문인지 남자애들한테 한 인기 한다. 잠시 후 신기한 일이 벌어졌다. 몇몇 애들이 맞장구를 치더니 그게 순식간에 거의 전체한테로 번졌다. 난 반장을 흘끔 봤다. 반장은 자기 일을 내가 대신했는데도 감사는커녕 무시로 일관했다.

선수 선발은 급물살을 타다가 곧 또 다른 난관에 봉착했다. 남녀 혼합 계주를 선뜻 하겠다고 나서는 애는 육상 꿈나무인 승찬이가 유일했다. 난 책임감을 느끼고 자발적으로 출전 의사를 밝혔다. 그때 기상천외한 작전 하나가 떠올랐다.

"나머지 두 명은 내가 추천할게."

내 말에 애들이 주위를 두리번거리며 웅성댔다.

"반장하고 오사랑 어때?"

나는 망설이지 않고 사심이 듬뿍 들어간 의견을 제시했다. 요즘 뭐든 '나 몰라라' 식의 오사랑과 '될 대로 돼라' 식의 반장 때문에 스트레스가 이만저만이 아니었다.

"몸도 안 좋은 애를. 그건 좀 아니지 않나?"

반장이 혼잣말처럼 말했다. 언젠가 체육 시간에 오사랑이 운동장을 돌다가 픽 쓰러졌던 전력을 두고 하는 말 같았다.

"그건 반장 말이 맞네."

내내 무관심하던 부반장이 툭 던지듯 말했다. 나는 둘의 방해 공작

18

에 뿔이 났다.

"넌 닥치고 있지? 지도 무늬만 부반장인 주제에."

나는 인상을 구기고 돌직구를 던졌다. 부반장은 새치름한 표정으로 입술을 내밀었다. 쭉 잡아당겼다가 비틀고 싶은 심정이었다.

"아, 됐고! 어쨌든 반장 넌 한다는 거지?"

반장은 우물쭈물 말하려다 인상을 팍 썼다. 이번엔 반장이 나한테 낚였다. 쌤통이었다.

나는 오사랑을 뚫어지게 쳐다보았다. 애들의 시선도 오사랑한테 집중되었고, 이상한 기운을 눈치챈 오사랑은 이어폰을 슬쩍 뺐다.

"뭐?"

오사랑은 아무 감정도 실리지 않은 말투로 물었다.

"너 계주 주자로 결정됐어. 우리도 하나씩 다 맡았어."

난 당당하게 거짓말을 했다. 반의 단합을 위한 거니까 선의의 거짓말이라는 표현이 더 적절하겠다.

"알았어."

오사랑은 쿨하게 말하고 다시 귀에 이어폰을 꽂았다. 사태를 관망하던 애들이 "오!" 하고 감탄사를 쏟았다. 일이 재미있게 돌아갔다. 반장의 우려대로 뛰다가 고꾸라지거나 코피라도 쏟으면 금상첨화겠다. 그럼 꼴찌와 망신의 책임을 오사랑한테 떠넘기고 두고두고 우려먹어야지.

나는 연습장에 선수 명단을 적어 선생님께 갖다드렸다. 선생님은

말없이 내 어깨를 두드려주고 엄지척을 날렸는데, 뭔가 인정받는 것
같아 어깨에 힘이 들어갔다.

드디어 체육 대회가 열리는 날. 날씨는 화창했고 다른 반 애들의
복장은 화려했다. 재치 있는 문구가 적힌 컬러풀한 반티, 밀짚모자,
스카프, 슈퍼맨 망토, 꽃 머리띠 등으로 포인트를 주었는데, 그걸 보
고 있자니 멀쩡했던 위장이 배배 꼬이는 느낌마저 들었다. 우리 반은
결국 학교 체육복으로 통일했다. 칙칙하고 우중충한 회색 바탕에 하
얀색 삼선이 그려져 있는 엄청 구린 체육복. 게다가 우리 반 애들은
오합지졸이 따로 없었다. 전날 동경이와 예리를 꼬드겨 산 색색의 수
술로 응원을 시도했지만, 애들은 강 건너 불구경이었다. 목만 아팠
다. 경기 결과도 창피할 정도로 저조했다. 단체 줄넘기와 이인삼각 경
기는 예선 탈락이었다. 특히 줄다리기 때는 상대편 반이 갑자기 줄을
놓는 바람에 우리 반 전체가 뒤로 발라당 넘어지는 진풍경을 벌였다.
"곧 학년별 계주가 시작될 예정이니, 선수들은 운동장 출발 지점에
집합해 주시기 바랍니다. 다시 알립니다."
방송이 흘러나오자 가슴이 두근거렸다. 나는 주먹을 불끈 쥐었다.
침이 꼴딱 넘어갔다. 1학년 계주가 끝나고 이제 2학년 차례였다. 첫
번째 주자인 승찬이는 출발선 쪽으로 가 준비하고 나머지 세 명은 줄
을 맞추어 대기했다.
"땅!"

출발을 알리는 총소리가 운동장에 울려 퍼졌다.

승찬이는 초반부터 상대를 압도했다. 하지만 반장이 멍청하게 바통을 떨어뜨리는 바람에 2등과의 차이가 급격하게 줄어들었다. 울며 겨자 먹기로 출전한 티가 팍팍 났다. 나는 발을 동동 구르다가 반장한테서 바통을 빼앗다시피 했다. 내 질주 본능에 2등과는 거의 운동장반의 반 바퀴 정도 차이가 났다. 그때 도대체 무슨 생각이었는지 나는 뒤로 뛰기 시작했다. 구경꾼들은 박수를 치며 웃어댔고, 나는 주목받는 게 싫지 않았다. 그러다가 헉! 다리가 꼬이는 바람에 벌러덩 자빠지고 말았다.

아, 진상 짓 제대로 했다. 운동장은 웃음의 도가니였다. 그새 2등이던 애는 나를 추월했고, 3등이던 애마저 근처까지 추격해 왔다. 나는 다리가 별로 안 아팠지만 절뚝절뚝 뛰어갔다. 결국 3등한테도 역전을 당하고 말았다. 저 앞에 준비 운동을 하며 대기 중인 오사랑이 눈에 들어왔다. 나는 무성의하게 바통을 넘겨주었다. 그러고는 그 자리에 털썩 주저앉아 어깨를 늘어뜨리고 고개를 푹 숙였다. 동경이와 예리가 다가와 위로했다. 쥐어짰지만 나오지 않는 눈물이 원망스러웠다. 그때 갑자기 우레와 같은 함성이 들렸다.

나는 고개를 슬며시 들었다. 이럴 수가! 4등이었던 오사랑이 전력질주해서 3등과 2등을 너끈히 따라잡고, 1등을 바로 뒤에서 쫓고 있었다. 운동장은 이제 흥분의 도가니였다. 동경이와 예리와 나는 비현실적인 장면에 쩍 벌어진 입을 다물지 못했다. 그리고 운명의 신은 가

차 없이 나를 내동댕이치고 찬물을 끼얹었다. 간발의 차이로 오사랑이 1등을 차지했다. 나는 그 자리에 꽁꽁 얼어붙었다. 결국 내가 아닌 오사랑이 창공으로 비상했다.

"오사랑! 오사랑! 오사랑!"

운동장은 월드컵 경기에서 우리나라가 결승 골을 넣었을 때의 분위기를 방불케 했다. 오사랑이 목에 깁스를 한 듯 거만하게 걸어가는 꼴을 보니 울화통이 치밀었다.

"나대더니 꼴좋다."

오사랑이 속삭이듯 비아냥대는 말을 나는 듣고야 말았다. 갑자기 속에서 불기둥이 솟아오르는 것 같았다.

"다시 말해봐."

나는 이를 앙다물고 낮은 목소리로 따졌다.

"가서 거울한테 물어봐. '거울아 거울아, 내 꼬라지가 어떠니?' 하고."

오사랑은 그렇게 말하면서 얼굴은 상냥하게 웃고 있었다. 소름 끼쳤다. 당장이라도 저 가면을 벗겨내고 싶었지만 오사랑은 쏜살같이 퇴장했다.

나는 엄살을 부리며 다리를 더 심하게 절룩거렸다. 동경이와 예리가 나를 부축했다. 무릎에 빨간 피가 맺혀 있었다. 눈치 빠른 동경이와 예리가 그걸 알아채고 소리를 질렀다.

"어머, 피다, 피!"

"괜찮아?"

"아, 아, 야, 조심조심!"

나는 동경이와 예리한테 괜히 성질을 부렸다.

"가지가지 한다."

빌어먹을 반장이 또 개념 없이 지껄였다. 아까 굴욕적인 순간에도 나오지 않던 눈물이 펑 터졌다.

"꺼져!"

나는 눈을 흡뜬 채 반장한테 소리쳤다. 반장은 썩은 미소를 지으며 물러났다. 아무 생각 없이 걸어가다가 나는 급히 다리를 절었다. 휴, 멀쩡한 거 들킬 뻔했다.

급식을 먹고 교실에 들어갔다. 나는 애들을 향해 우쭐대며 공치사를 늘어놓았다.

"내 용병술 어때? 기막히지 않아?"

애들은 듣는 둥 마는 둥했다. 반장을 포함한 몇몇 한심한 족속들은 야유를 퍼부으며 엄지손가락을 내렸다. 그런 반응에 무너질 내가 아니었다. 나는 팔짱을 낀 채 오사랑한테 다가갔다.

"고맙지 않니? 내가 널 여신으로 만들어준 거나 다름없잖아."

"고마워. 됐지?"

오사랑이 귀찮은 듯 순순히 인정했다. 갑자기 분노 게이지가 급상승했다. 나는 어금니를 악다문 채 오사랑을 노려보았다.

"싸워라! 싸워라! 싸워라!"

주변 남자애들이 입을 맞춰 응원했다. 이렇게 응원을 잘하는 애들이었다니. 난 오사랑 뒤통수를 향해 한마디 했다.

"아까 여신, 여자병신의 준말인 거 알지?"

나는 오사랑의 반응은 확인하지 않은 채 서둘러 복도로 빠져나왔다. 동경이와 예리가 따라오더니 나를 사이에 두고 낄낄댔다. 하지만 거의 이 년 묵은 내 체중이 풀리기에는 역부족이었다.

오사랑과의 악연은 초등학교 6학년 때로 거슬러 올라간다. 그땐 오사랑이 아니라 오유리였다. 학기 초, 오유리와 나는 라이벌 관계였다. 우린 서로 주도권을 잡으려고 자주 악의의 가끔 선의의 경쟁을 벌였다. 하지만 번번이 오유리한테 밀렸고 내 의견은 묵살되었다. 난 그게 내 말발이나 인기나 교우 관계가 부실해서가 아니라 오유리 엄마의 치맛바람이 거센 탓으로 간주했다. 한번은 스승의 날 하루 전, 김영란법 어쩌고저쩌고하면서 선생님한테 마음의 선물을 하자는 내 의견에 오유리가 적극 동조했다. 오유리한테 무슨 꿍꿍이가 있으리라고는 의심하지 않았다. 하지만 롤링 페이퍼를 만들기 위해 편지를 써온 애는 나뿐이었다. 애들은 변명도 하지 않았다. 오유리는 넋 빠진 사람처럼 서 있는 나를 보고 단짝 안효영이랑 시시덕댔다. 치가 떨렸고, 꽉 쥔 주먹도 부들부들 떨렸다. 이후 내 존재감은 급격히 추락했다. 그걸로 끝난 건 아니었다. 난 더 이상 기억하는 게 힘들어 고개를 절레절레 흔들었다. 그때 기억을 깡그리 모아 밀봉하고 무거운 돌을 매달아 심해에 수장하고 싶었다. 내가 거의 회복 불능 상태가 되기 직전, 오유리의 악행은 만천하에 드러났고 결국 전학을 갔다. 끝내 사과 한마디 없었다. 그걸로 그 애와의 악연은 끝이라는 게 유일한 위안이었다. 그랬는데, 중학교 2학년이 되고 얼마 뒤 오유리가 오사랑으로 개명하고 우리 학교로 전학을 왔다. 원수는 외나무다리에서 만난다는 속담이 신통력을 발휘하는 순간이었다. 나는 오사랑한테 또다시 주도권을 빼앗길까 봐, 지난 흑역사가 들통날까 봐 전전긍긍했다. 오사랑이 자신의 세력을 확장하려는 기미가 보이기도 전에 선제공격을 가했다. 근데 뜻밖에도 오사랑은 별 반응이 없었다. 당하고만 있었다. 그동안 무슨 일이 있었던 거지? 아, 생각을 말자. 혈압 오른다. 지금은 이런 허접한 과거나 떠올릴 상황이 아니었다.

오후에는 어울마당이 예정되어 있었다. 처음 그 소리를 들었을 때 애들은 체육 대회만 해도 피곤한데 사람 죽일 일 있냐고 앓는 소리를 했다. 어울마당 때 나름 마니아층을 확보하고 있는 아이돌 그룹 '엑스보이스'의 공연이 있을 거라는 소문이 돌자 애들은 하다 하다 사기까지 치느냐고 콧방귀로 무시했다. 하지만 그 황당했던 소문이 기정사실이 되자 엑스보이스 팬이었던 나는 짜릿함에 즐거운 비명을 질러댔다. 이런 전대미문의 섭외가 이루어진 건 엑스보이스 멤버 중 존재감이 가장 낮은 미준 오빠가 모교 출신이어서라고 했다. 나는 없던 애교심이 갑자기 생겼고 몇 날 며칠 환상 속에서 살았다. 더 이상 환자 노릇을 할 수가 없었다. 동경이와 예리한테 보건실에 가서 진통제를 먹었는데 금세 효과가 나타났다고 뻥을 쳤다.

강당은 순식간에 북새통을 이루었다. 엑스보이스가 나올 차례가 되자 목이 바짝바짝 타고 심장은 벌렁벌렁했다. 이 순간을 위해 아까부터 마려웠던 오줌도 꾹 참고 있는 중이었다.

드디어 음악이 흘러나왔다. 최고 히트송인 '오로지 나만'. 꿈에 그리던 혁찬 오빠가 나를 향해 팔을 뻗으며 '마이 온리 프린세스, 알러뷰!' 하고 외치고 있었다. 심장이 멎는 기분이었다. 나는 간밤에 심혈을 기울여 제작한 피켓을 열광적으로 흔들었다.

♥우주최강 X-VOICE! 취향저격 안구정화 혁찬느님! 알라뷰 포에버♥

환상적인 춤과 음악이 끝나자, 이벤트 회사 사회자는 엑스보이스 멤버들에게 판에 박힌 인터뷰를 했다. 그런 다음 학생들과 함께하는 시간을 마련했다.

"자, 그럼 각 반 대표 한 명씩 나와주세요."

나는 사회자 말이 떨어지기 무섭게 앞으로 뛰쳐나갔다. 불참한 반 빼고 모두 스물두 명.

"그럼 일단 댄스 실력부터 볼까요?"

갑자기 비트가 강한 음악이 흘러나왔다. 나는 절박한 심정으로 막춤을 미친 듯이 추었다. 관중석에서 폭소가 터져 나왔다. 그 결과 최종 3인에까지 올라갔다. 그다음은 개인기를 보여줄 차례였는데, 아역 배우로 활동하고 있는 1학년 여자애와 무슨 오디션 프로그램 예선 통과 경력이 있는 3학년 오빠를 능가할 수는 없었다. 결국 그 1학년 여자애만 엑스보이스 사인이 들어간 음반을 선물로 받고, 엑스보이스와 포옹하는 가문의 영광을 누렸다. 나는 무작정 혁찬 오빠를 끌어안는 돌발 행동을 할까 고민하다가 타이밍을 놓쳤다.

그때였다. 혁찬 오빠가 사회자한테 귓속말을 했고, 사회자는 곧 말을 전했다.

"엑스보이스가 준비한 음반이 하나 더 있다고 합니다."

애들이 환호성을 질러댔다. 그렇다면 당연히 최종 3인까지 올라갔던 후보들한테 우선권을 줘야 하는 거 아닌가. 나는 분통이 터져 꽥소리를 질렀지만 애들의 함성에 묻혔다.

"자, 혹시 추천하고 싶은 사람 있으면 이름을 불러주세요!"

나는 두 손을 맞잡고 눈을 질끈 감았다. 처음에는 와글와글하던 소리가 하나의 소리로 뭉치고 있었다.

"오사랑! 오사랑! 오사랑!"

내 얼굴이 흙빛으로 변하는 순간이었다. 오사랑은 연예인에 눈곱만큼도 관심이 없는 공부벌레이다. 차라리 금으로 만든 이어폰이나 학원 수강증을 선물하든지.

"자, 오사랑 학생 누군가요? 이 학교 인기 짱인가 봅니다. 어서 나와주세요."

오사랑은 사양하지 않고 무대로 올라갔다.

"이걸 그냥 주는 건 시시하고, 엑스보이스 노래 한 곡 부탁해도 될까요?"

순간 사회자의 센스에 박수를 쳐주고 싶었다. 오사랑한테 요즘 아
이돌 노래는 고차원 수학 공식보다 더 난감한 문제일 터. 나는 회심
의 미소를 지었다.

"노래해! 노래해! 노래해!"

관중석에서 함성이 터져 나왔다. 그런데 헐, 오사랑이 큼큼 목을
가다듬는 게 아닌가.

"가끔 하늘을 바라봐. 눈을 감고 너를 떠올려. 문득 볼에 흐르는
눈물……."

오사랑이 엑스보이스 오빠들의 노래를 불렀다. 그것도 술술, 잘.
음정과 박자도 괜찮았고 목소리도 나쁘지 않았다. 엑스보이스 오빠
들이 코러스를 넣어주었다. 관중석에서 환호가 터져 나왔다. 망했다.

오사랑은 엑스보이스 오빠들과 포옹하고 음반을 선물 받고 수줍은
척 내려왔다. 머리칼을 귀 뒤로 넘길 때는 역겨움에 토까지 나올 뻔
했다. 완전 천만 년 묵은 불여우였다. 지성이면 감천이라고? 개뿔. 엑
스보이스 오빠들은 한 곡을 더 뽑고 바람과 함께 사라졌다. 대부분
애들은 미쳐 날뛰었고, 어떤 애들은 울기까지 했지만 나는 전봇대처
럼 서 있었다.

정신을 차리고 보니 오사랑은 우리 반 애들한테 둘러싸여 있었다.
부반장이 혁찬 오빠와 포옹한 느낌을 물었다.

"어땠어? 어땠어? 응?"

"별로."

뭐, 별로? 저걸 아주 요절을 내버릴까 보다. 그 와중에 반장은 뭐가 좋다고 헤벌쭉 웃고 있었다. 반장 웃는 거 처음 봤다. 앗, 그런데 덧니가 살짝 보이게 웃는 저 모습. 혁찬 오빠를 닮았다. 나는 눈을 비비고 고개를 세차게 흔들었다.

"저기, 오사랑. 그 음반 들을 거야? 연예인한테 관심 없잖아. 나 주면 안 돼?"

부반장이 오사랑한테 비굴해 보일 정도로 알랑거리며 물었다.

"그래, 인심 썼다. 아는 사람이 엑스보이스 소속 기획사에 있어서 나야 언제든 구할 수 있으니까."

오사랑은 나를 빤히 보며 부반장한테 음반을 넘겼다. 나를 향한 선전 포고의 혐의가 짙어 보였다. 오줌 참아가며 참여했던 보람도 없이 허탈했다.

화장실에 들렀다가 교실에 들어오니 피자 파티가 벌어지고 있었다. 선생님 입은 귀에 걸려 있었다.

"이번 체육 대회의 주인공은 누가 뭐래도……."

나는 그동안의 내 공로를 인정하는 것 같아 좀 위로가 되었다.

"오사랑이야. 그치?"

김칫국부터 마신 게 쪽팔렸다. 애들 시선이 일제히 오사랑한테 꽂혔다. 오사랑은 아무 말도 하지 않았다. 인정한다는 거야, 뭐야? 재수 없어.

"네!"

애들은 이구동성으로 외쳤다.

"자, 그런 의미에서 박수!"

나는 박수 치는 시늉만 했다. 애들의 박수갈채가 짜증 나게 길었다. 나만 빛 좋은 개살구가 된 기분이었다.

"모두 고맙고 애썼다. 그리고 이건 갑자기 생각난 건데……."

선생님이 한참 뜸을 들이더니 어렵사리 말문을 뗐다.

"겨울 방학 시작되기 전에 우리 반 단체 여행 어때? 전에 말한 적 있나? 남양주 산골에 부모님이 펜션을 운영하시는데 언제 한번 너희 데리고 놀러 오라고 하시더라고. 마침 그쪽에 지역 축제도 있고 해서 겸사겸사. 좋은 추억이 될 거야. 물론 희망자에 한해서만."

선생님의 갑작스런 제안에 안 그래도 들떠 있던 애들은 복권 당첨이라도 된 듯 몸을 들썩였다. 평소 무반응으로 일관했던 우리 반이 맞나 싶었다.

"구체적인 계획이 나오면 다시 안내할게. 가정 통신문도 돌리고. 그럼 집에 일찍 가서 씻고 푹 쉬도록. 이상."

오사랑이 책가방을 챙기고 일어섰다. 내 수고를 다 가로챈 것 같은 오사랑이 얄미워 미칠 것 같았다. 오사랑은 내 곁을 스쳐 지나가며 한마디 내뱉었다.

"여신은 내가 아니라 진가인 너 같은데. 축하해, 여신."

"뭐야? 저게!"

나는 자리에서 벌떡 일어나 오사랑 뒤통수에 레이저를 쏘았다. 오사랑은 쌩 교실을 벗어났다. 부반장이 그 뒤를 쫄레쫄레 쫓아갔다. 이가 바드득 갈렸다. 오사랑, 언젠가 본때를 보여줄 테다.

"근데 여신이 뭐냐? 되게 궁금하네."

반장이 실실 쪼개며 가방을 멨다. 순간 에너지가 방전되는 기분이었다. 왜 반장 웃는 모습이 혁찬 오빠랑 닮았냐고! 일진이 너무 사나웠다. 가슴이 너덜너덜해진 느낌이었다. 오늘은 학교가 진가인 분노 제조 공장 같았다.

"아아아악!"

나는 교실 바닥을 발로 차며 괴성을 질렀다. 동경이와 예리가 다가와 어깨를 두드려주지 않았다면 아마 여자 헐크로 변신했을 거다.

오사랑 안티카페

동경이, 예리와 함께 교문을 나섰다. 우린 셋 다 엑스보이스 팬이고, 작년부터 같은 반이었고, 같은 학원을 다니고, 급식도 같이 먹고, 화장실에도 늘 붙어 다닌다. 특히 동경이랑은 좋아하는 음식이나 옷 입는 스타일 등 거의 모든 취향이 일치한다. 우린 시시껄렁한 얘기부터 신체 비밀까지 모르는 게 거의 없다. 오사랑이라면 질색하는 것까지 똑같다.

때마침 교문 앞에서 프라임 학원 차량에 탑승하는 오사랑이 눈에 띄었다. 거만 떨 땐 언제고 등이 새우처럼 구부정해 보였다. 그러거나 말거나 우린 걷는 내내 오사랑을 씹어대느라 입에 게거품을 물었다.

"오사랑 달리기 하는 거 봤지? 올림픽 출전해도 되겠더라. 완전 태릉인. 그런 애가 아프다는 핑계로 툭하면 체육 시간에 쉰다는 게 말이 돼? 아무래도 저번에 쓰러진 거 연기 같아. 관심 받고 싶어서."

"고 앙큼하고 음흉한 계집애."

동경이가 의미심장한 표정으로 말하자 예리가 맞장구를 쳤다.

"걔는 뭘 먹고 그렇게 얄미울까? 미꾸라지튀김?"

"바퀴벌레볶음?"

"미운오리새끼훈제?"

내 질문에 동경이와 예리가 차례로 대답하고는 하이파이브를 했다.

"수업 시간엔 그렇다 쳐. 쉬는 시간에도 '조용히 좀 해줄래? 공부하는 거 안 보여?' 하고 꼬라보는 거 너무 양심 없지 않니?"

내가 절묘하게 오사랑 표정을 흉내 내고 성대모사까지 하자 둘은 배꼽을 잡았다.

우린 밀밭 베이커리 앞에서 헤어졌다. 나는 집으로 걸어가다가 길바닥에 버려진 요구르트 통을 발로 찼다. 떼굴떼굴 굴러가던 요구르트 통이 멈췄다. 그 통을 오사랑이라고 생각하고 발로 팍 밟았다. 오사랑은 폭삭 찌그러졌지만 기분이 통쾌하기는커녕 축 처졌다.

나는 편의점에 들러 초콜릿을 샀다. 초콜릿 속의 페닐에틸아민이라고 하는 성분이 사람의 기분을 좋게 만들어준다는 말을 들은 적이 있다. 근데 통째로 우적우적 씹어 먹어도 아무 효과가 없었다. 아까운 용돈만 날렸다. 엄마한테 문자를 보냈다.

오후 4:14 **아파**

엄마한테서 곧장 전화가 왔다.

"그래서?"

엄마는 대뜸 이렇게 물었다.

"집에 간다고."

"학원은?"

"당연히 못 가지. 엄마는 딸이 아프다는데 그깟 학원이 대수야? 엄마라면 어디가 아프냐고, 병원 가야 하지 않느냐, 돈은 있냐고 묻는 게 먼저 아냐? 엄마 윤리 샘 맞아?"

나는 속사포처럼 퍼부어댔다.

"거기서 윤리 샘 얘기가 왜 나와?"

"됐어!"

나는 소리를 바락 질렀다. 엄마는 그때서야 실수를 깨달았는지 내가 나열했던 것들을 차례로 물어보았다. 나는 대충 둘러댔다.

"저녁은?"

"헐. 언제부터 내 저녁 걱정했다고? 하던 대로 하셔."

"말버릇! 엄마 오늘도 늦어. 알지? 대충 때우지 말고 밥 챙겨 먹어."

휴대폰에서 어렴풋이 수업 종소리가 들려왔다. 나는 엄마가 다른 잔소리를 하기 전에 통화 종료 버튼을 눌렀다.

집에 돌아오자마자 가방을 내던지고 한숨을 쉬었다. 뉴스같이 사건 사고 많고, 대하드라마같이 어마어마하게 긴 하루였다. 좀처럼 분이 풀리지 않았다. 오사랑한테 내 꿈을 강탈당한 기분이었다. 아, 집에서까지 오사랑이 내 뇌를 장악하다니. 나는 머리를 흔들며 옷과 양말을 아무 데나 벗어 던지고 텔레비전을 틀었다. 텅 빈 것 같은 마음이 텔레비전 소리로 채워졌다. 과자만 먹으니 배가 출출해서 라면을 끓여 먹었다. 동경이와 예리가 있는 단톡방 알림이 계속 떴지만 확인하지 않았다. 휴식이 필요했다. 많이 움직인 데다 신경도 많이 써서인지 몸이 금세 나른해졌다. 방에 들어가 침대에 눕자마자 잠이 쏟아졌다.

얼마나 시간이 흘렀을까. 어렴풋이 현관문 닫히는 소리가 들렸다. 방은 불이 환히 켜진 상태였다. 나는 급히 불을 껐다.

"진가인, 나와!"

엄마였다. 그냥 자는 척했다.

"안 자는 거 다 알아! 당장 나와!"

나는 헝클어진 머리카락을 손빗으로 정리하면서 터벅터벅 거실로 나갔다. 자정이 거의 다 되어가는 시간이었다.

"아, 왜?"

나는 눈도 마주치지 않고 불량스럽게 물었다.

"집 안 꼴이 이게 뭐야?"

"뭐가?"

속에서 스멀스멀 반항심이 올라왔다.

"네가 애야?"

"그럼 어른이야?"

"엄마가 일일이 챙겨줘야 하는 어린애냐고! 아님 엄마가 파출부 아줌마야?"

오늘따라 엄마 목소리가 유난히 날카로웠다. 학교에서 학생에게 무시당했거나, 공부가 잘 안 됐거나, 두통이 심하거나, 아빠랑 전화로 싸웠거나, 생리하는 날이거나, 다섯 중 하나다.

나는 집 안을 쭉 훑어보았다. 소파엔 오늘 입었던 옷이, 좌탁엔 널브러져 있는 과자 봉지와 부스러기가, 거실엔 뒤집어져 있는 양말이, 현관문 입구엔 내동댕이쳐져 있는 가방이, 그리고 식탁엔 라면 국물 담긴 냄비와 흘린 라면 몇 가닥과 뚜껑 안 덮인 김치 반찬통……. 텔레비전에서는 홈쇼핑 광고가 한창 진행 중이었다. 엄마가 텔레비전 전원을 끄고는 리모컨을 소파에 내동댕이쳤다.

"뭐가 어떻다고 난리야?"

나는 시침 뚝 떼고 떳떳하게 나갔다.

"네 눈엔 이게 괜찮아 보이니?"

엄마는 냉장고 문을 열더니 물부터 벌컥벌컥 마셨다. 그러고는 한숨을 푹 쉬었다.

"엄마 말 잘 들어!"

"피곤해."

"지금 장난하는 걸로 보여?"

정말이지 아닌 밤중에 홍두깨였다.

"앞으로 엄마가 아침 차려놓고 가면, 먹고 반찬통 뚜껑 닫아서 냉장고에 넣어놔. 너 때문에 음식 상해서 버린 게 한두 번이 아냐. 개수대에 빈 그릇 놔두고, 식탁도 닦아. 집에 와서 가방은 네 방에, 빨래할 옷과 양말은 빨래 바구니나 세탁기 안에, 안 빨아도 될 옷은 옷장에 잘 걸어놔. 그리고 네 방 청소는 네가 해."

"왜?"

"지금 아빠도 없고, 엄마 혼자 너무 힘들어. 중학생씩이나 됐으면서 그 정돈 할 수 있잖아. 말만 중학생 됐다고 간섭 말라 그러지 말고 행동도 중학생답게 하라고."

"엄만 뭐 하고?"

"안 놀아!"

엄마의 새된 소리가 거실에 울려 퍼졌다. 나는 말문이 막혀서 잠시 가만히 있었다. 엄마는 그걸 찬성한다는 뜻으로 알겠다며 일방적으로 결론을 내렸다. 내 입장 따윈 안중에도 없어 보였다.

엄마는 안방으로 들어가고 난 우두망찰한 상태로 엄마의 뒷모습을 노려보았다. 못된 계모 같았다. 쳇, 내가 시키는 대로 하나 봐라. 잠깐, 설마 아빠하고 진짜 이혼이라도 할 생각인가? 그럼 나는? 아빠는 공식적으로 일이 너무 바빠 당분간 지방 골프 연습장에서 지내는 걸로 되어 있다. 엄마 아빤 내가 아무런 눈치도 못 채는 순진한 바보라고 생각하는 걸까. 갑자기 머리가 지끈거렸다. 나도 내 방문을 쾅 닫고 들어갔다. 오늘 하루 되는 게 하나도 없다. 학교에서는 오사랑이, 집에서는 엄마가 내 두통의 원인이었다. 나는 화풀이할 상대가 절실히 필요했다.

잠이 확 달아났다. 억지로 눈을 붙이려고 하면 할수록 와락 짜증이 치밀었다. 불도 켜지 않고 노트북을 켰다. 인터넷에 접속했다. 실시간 검색어에 유명 연예인 안티카페가 떴다. 무심코 클릭해 보았다.

유명 연예인 S는 최근 안티카페 운영자와 악성 댓글러들을 경찰에 고소했다. 허위 사실 배포 및 명예 훼손으로 고소장을 제출한 상태다. 평소…….

대충 기사를 훑어보고 댓글을 읽어보았다. 유명 연예인은 '새라'다, 아니다로 의견이 분분했다. 걸그룹에 소속되어 있다가 지금은 솔로로 활동하면서 드라마에 출연하고 있는. 하지만 요즘 새라는 시청률 깎아먹는 발연기를 한다고 엄청 욕을 먹고 있었다.

새라는 나랑 닮은 연예인이다. 언젠가 휴대폰에 닮은꼴 연예인 찾기 앱을 깔아 내 사진을 테스트해 봤더니 새라가 나왔다. 그 당시만 해도 새라는 인기 가도를 달리고 있었다. 채널만 돌리면 각종 예능 프로에서 새라가 나올 정도였다. 그땐 나도 모르게 으쓱했는데 요즘은 새라가 욕먹으니까 기분이 별로다. 꼭 내가 욕먹는 것 같다. 그러게 연기 좀 잘하지. 문득 새라 안티팬인 부반장이 생각났다. 언젠가 엑스보이스 멤버 중 재국 오빠와 새라의 스캔들이 터진 적이 있었다. 둘의 비밀 데이트 장면이 파파라치들에게 포착되어 인터넷에 도배되었다. 재국 오빠의 사생팬인 부반장은 그때 새라를 노골적으로 씹어 댔고 없는 얘기도 지어냈다. 갑자기 머릿속에 검붉은 빛깔의 번개가 번쩍했다.

나는 곧장 인터넷 검색창에 '안티카페'를 쳤다. 세상에 이토록 많은 안티카페가 개설되어 있다니. 불현듯 1학기 때 학교를 충격에 빠뜨린 일이 떠올랐다. 3학년 선배가 만든 '조지은 선생님 안티 단톡방' 사건. 조지은 선생님에 대한 일화는 나도 많이 들었다. 한마디로 편애와 무시와 막말의 대명사. 그 단톡방엔 선생님에 대한 온갖 욕설과 비방이 난무했다. 그런데 단톡방 회원 중 조지은 선생님 딸과 친한 애가 캡처해서 SNS에 올리는 바람에 외부로 알려지게 되었다. 이른바 '선따 현상'과 맞물려 학교에는 수시로 교육청 관계자들과 기자들이 들락거렸다. 그 불미스러운 사건은 미래 세대 교육에 노심초사하는 어른들의 관심을 끌기에 충분했고, 지역 사회를 넘어 전국적으로도 큰 물의를 일으켰다. 뉴스와 신문에도 대서특필되었다. 선생님들은 쉬쉬했지만 한동안 얼굴에 수심이 가득했고 수업 중엔 일절 농담을 하지 않았다. 그땐 안티카페의 역기능만 부각됐는데, 지금 생각해 보니 잘만 이용하면 꽤 유용한 공간이 될 것도 같았다. 내친김에 오사랑 안티카페를 만들어봐? 철저하게 비공개로 하고 마음 맞는 애들끼리만 공유하면 고소당할 일도 없을 거였다. 게다가 요즘 애들은 웬만하면 단톡방을 이용하지 안티카페 같은 건 관심 없다는 것도 유혹적이었다. 비밀리에 안티카페에서 뒷담화를 하면 스트레스도 풀리

고, 심심하지도 않고, 친구들과의 우정도 돈독해지고, 일석오조 정도
는 될 것 같았다. 오사랑 안티카페. 현재로선 그게 답이었다.

문득 2학기 초에 했던 토론 수업이 생각났다. 그때 화제는 '인터넷
상의 댓글'이었다. 수행 평가가 아니었다면 입 다물고 있었을 오사랑
은 그때 애들과 피 튀기는 설전을 벌였다.

"악성 댓글, 저는 그렇게 부정적으로만 볼 필요는 없다고 생각합니
다. 그것도 관심의 일종이 아닐까요? 악성 댓글이 없으면 대중의 사
랑을 먹고 사는 연예인들은 점점 기고만장해질 것입니다. 연예인들이
자신에 대한 악성 댓글을 본다면 좀 더 자신을 성찰하는 계기가 되
지 않을까요? 안티카페만 해도 그렇습니다. 아무 관심도 못 받는 연
예인들은 그런 게 생기지도 않는다고 들었습니다. 인기가 많으니까 시
기 질투하는 사람들이 그런 걸 만드는 거죠. 언젠가 안티카페나 악성
댓글에 대한 인터뷰 기사를 본 적이 있는데요, 연예인들은 자신들의
기사에 무플보다는 악플이 달리는 게 더 낫다고 합니다. 이목이 집중
된다는 뜻이니까요. 아무리 치명적인 독이라도 잘 쓰면 훌륭한 약이
될 수 있다는 말을 들었습니다. 악성 댓글이나 안티카페도 잘 활용하
면 약이 될 수도 있지 않을까요? 이상입니다."

오사랑은 유창한 말솜씨로 궤변을 늘어놓았지만 애들이 동조하는
일이 발생했다. 부반장도 자신의 경험을 이야기하며 오사랑 의견에
적극 지지 의사를 표명했다. 이야기가 삼천포로 빠지는 듯했지만 선
생님은 제지하지 않았다. 오사랑의 주장에 반박을 가해야 할 차례였

던 나는 좀 버벅대다가 똑바로 말하지 못했다. 완벽한 참패.

그건 그렇고, 그때 오사랑 논리대로라면 자기 안티카페 만드는 것도 인기와 관심의 일종이니까 무방할 거였다. 그렇게 갖다 붙이니까 양심에 약간 덜 찔렸다. 나는 당장 안티카페 만들기에 돌입했다.

띠릭, 문자가 왔다. 아빠였다.

딸, 자니? 오전 12:19

이 시간에 문자를 보낸 걸 보면 아빠는 분명 한 잔 했을 거다. 아빠는 술에 취해 퇴근하면 자는 나를 깨워서 느끼하게 사랑 고백을 하고서야 방에서 나가주곤 했다. 그땐 그게 짜증 났고, 112에 신고한다고 농담 아닌 농담도 했지만, 지금은 그게 살짝 그립기도 하다.

나는 머리를 흔들고 다시 노트북 앞에 앉아 카페를 만들기 시작했다. 처음엔 약간 께름칙했지만 막상 만들려고 작정하자 일은 일사천리로 진행됐다. 카페 이름은 '오사랑 안티카페'로 지었다. 가입 방식은 운영자 승인 후 가입. 공개 여부는 비공개로 하면 아예 검색과 회원 가입이 안 될까 봐 고민하다가 일단은 공개로 해두었다. 카테고리를 선택하고, 카페 스킨을 선택하고, 개인 정보 취급 방침과 카페 약관에 동의했다.

마지막으로 소개글을 작성하는 데 공을 들였다.

짝짝짝!

오사랑 안티카페에 오신 걸 환영합니다.

오사랑은 전혀 사랑스럽지 않아요.

이름만 보고 오해하면 큰코다쳐요.

오사랑은 미운 짓만 골라서 해요.

그러니까 안티가 생기는 거죠.

오사랑을 사랑하지 않는 사람은 들어와서

맘껏 씹어주세요. ^^

소개글을 등록하고 메뉴를 정했다. '진상오사랑', '쌩쑈오사랑', 이 정도면 충분했다. 이제 공공의 적, 오사랑을 내 손으로 직접 처단할 때가 됐다. 나도 모르는 새 입가에 미소가 번졌다. 이런 걸 만든 그 자체만으로도 짜릿한 쾌감이 일었다.

내친김에 우리 반 여자애들 단톡방에 홍보하려고 문자를 입력하다가 보내기 직전에 삭제했다. 어차피 오사랑은 상관없었다. 학기 초 내가 단톡방을 만들어 예의상 초대했지만 바로 나가버렸으니까. 하지만 신중할 필요가 있었다. 자칫 잘못하면 덜미를 잡힐 수가 있다. 더군다나 지금 시각은 다들 꿈나라에 가 있을 새벽 1시.

'오사랑 안티카페'에 글을 하나 등록했다. 새 글이 올라왔다는 빨간색 표시가 샛별처럼 반짝 빛났다.

두 얼굴의 오사랑

오사랑은 천만 년 묵은 불여우.

오늘 혁찬 오빠랑 포옹할 때, 씩 웃는 거 다 봄.

그런데 별로였다고?

완전 극혐 재수탱이!

너 도대체 진짜 얼굴이 뭐냐?

나는 댓글까지 달았다.

⋮... 안 그런 척하지만 꼬리 잘 치게 생겼음. ㅎㅎ

로그아웃하고 노트북을 닫고 침대에 픽 쓰러졌다. 휴대폰을 보니 아빠 문자가 생각났다. 맞다. 아빠한테 시츄 사달라고 할걸.

어느 결에 잠이 들었다가 짜증을 내며 잠에서 깨어났다. 귀에서 왱왱대는 모기 때문이었다. 11월에, 아파트 20층에, 모기라니. 이것도 이상 기후 때문인가. 모기를 잡을 여력이 없어 이불로 전신을 덮었다.

휴대폰 알람 소리를 듣고 일어났다. 햇살이 방 안 가득 들어왔다. 눈이 부셨다. 창문을 열자 차가운 아침 공기가 훅 들어왔다. 바로 창문을 닫았다. 이제 진짜 얼마 안 있으면 겨울이 올 것만 같다.

손등이 가려워서 보니 모기 물린 자국이 발갰다. 손톱으로 꾹꾹 눌러 열십자 모양으로 만들자 가려움이 사라지는 듯하더니, 금세 다시 살아나 나를 괴롭혔다. 내 성질에 못 이겨 박박 긁다가 결국 아침부터 피를 봤다.

엄마는 벌써 출근하고 없었다. 식탁 위에는 어제와 그제와 똑같은 반찬들이 차려져 있었다. 그리고 하늘색 포스트잇.

다 먹고 반찬은 냉장고.
빈 그릇은 싱크대.
식탁 깨끗이 닦고!!!

맨 뒤에 있는 느낌표 세 개가 눈에 거슬렸다. 나는 포스트잇을 구겨 쓰레기통에 던져버렸다.

평소에는 깜빡해서 그냥 갔지만 오늘은 기억이 다 나는데도 반찬을 그대로 두고, 먹다 남긴 밥도 그대로 두고, 학교로 갔다. 엄마의 이율배반적인 행동에 일침을 가하고 싶었다. 엄마가 점점 이상하게 변해가고 있었다. 별일 아닌 일에 열을 올리고 부쩍 책임감과 독립심을 강조했다. 그런다고 하루아침에 내가 그런 훌륭한 인성을 갖춘 아이로 바뀔 리 만무했다.

학교 가는 길엔 괜히 억울하다는 생각이 들었다. 세상에 나같이 대접 못 받고 사는 무남독녀도 없을 거다. 예리만 해도 집에서 완전 공주 대접을 받는다. 예리는 위에 오빠가 두 명 있는데 한 명은 신문 기

44

자고 한 명은 레지던트다. 그러니까 한마디로 잘나가는 집안의 늦둥이 금지옥엽 외동딸. 할머니 할아버지, 엄마 아빠, 게다가 오빠들까지 애지중지한다. 예리는 언뜻 보면 청순가련해 보이고 자세히 보면 창백하고 비실비실하다. 어릴 때 심장이 안 좋아 몇 달 동안 입원한 적이 있다고 했다. 그 뒤로는 과잉보호가 생활화되었다고. 종이에 손가락이 베었을 때 파상풍에 걸릴까 봐 병원 치료까지 받았을 정도면 말 다한 거다. 그 때문인지 예리는 또래에 비해 좀 어린 티가 난다. 별명도 초딩이다.

동경이도 만만치 않다. 동경이 엄마 아빠는 아들을 낳으려고 셋째를 낳았다고 한다. 그럼 딸로 태어난 동경이에게 무관심할 법도 한데 가족들이 전부 떠받들어 모신다. 이유는 동경이를 낳은 뒤 동경이 아빠 사업이 탄탄대로를 달린다는 것. 동경이는 집안에서 복덩이로 통한다.

그런데 나만 이게 무슨 꼴이란 말인가. 나라면 껌뻑 죽는 시늉까지 하는 아빠는 지금 곁에 없다. 이런저런 생각을 하면서 밀밭 베이커리 앞에서 동경이와 예리를 기다렸다. 거기가 중간 지점인데 우리는 늘 거기서 모여 학교로 간다.

어느새 동경이와 예리가 함께 나타났다. 나는 급히 명랑 가면을 쓰고 양손을 흔들었다. 동경이와 예리가 내 곁에 바싹 붙어 팔짱을 끼었다. 그 느낌이 좋다. 팔짱이 우리 셋의 우정을 꽉 묶어주는 것 같다. 나는 입이 근질근질해 참을 수가 없었다.

"빅뉴스!"

나는 귓속말로 속삭였다.

"뭔데, 뭔데?"

내 말에 둘은 궁금해 미칠 것 같은 표정으로 동시에 물었다.

"카페 만들었어."

아침에 일어났을 때 찜찜해서 폐쇄할까도 생각했다. 그런데 나도 모르는 사이 말이 튀어나와 버렸다.

"웬 카페? 너희 집 카페 차려? 대박!"

"개인 카페야, 프렌차이즈야?"

동경이와 예리는 신나게 헛다리를 짚었다.

"안티카페."

내 말에 둘은 눈이 휘둥그레졌다.

"연예인 안티카페 같은 거? 그냥 단톡방에서 말해."

"야, 그건 위험하지. 요새 나쁜 마음 먹은 애가 캡처해서 퍼 나르면 끝이야. 뉴스도 안 보냐?"

예리 말에 동경이가 내가 하고 싶었던 말로 면박을 주었다.

"그런 걸로 따지면 안티카페도 똑같지 않아?"

예리가 불안한 얼굴로 물었다.

"그니까 우리끼리 소수 정예로만 운영하자고. 하다가 아니다 싶음 폐쇄하면 되고. 재밌잖아."

내가 안심을 시키자 예리가 금세 웃는 얼굴로 변했다.

"근데 우리? 누굴 까는 카페길래?"

"설마 오사랑? 헐."

내 표정을 읽은 동경이와 예리는 눈을 맞추며 킥킥거렸다. 우리 셋은 방방 뛰면서 손뼉까지 마주쳤다.

"확실히 재미는 있겠다. 역시 진가인. 늘 한발 앞서나간다니까."

동경이가 비행기를 태워주는 바람에 한껏 들떴다. 나는 휴대폰으로 카페 주소를 찍어 보냈다. 둘은 카페 앱을 깔고 바로 회원 가입을 했다.

"극비!"

"무슨 소리! 이런 건 당근 공유해야지."

내 말에 예리는 고개를 끄덕였지만 동경이는 부득부득 우기기 시작했다. 그러고는 홍보는 자기가 담당하겠다고 호언장담했다.

"아, 근데 부반장 단톡방들에 거의 다 껴 있지 않아?"

내가 한발 물러서자 동경이가 다른 의견을 제시했다.

"걔네 둘이 베프라고 생각하니? 부반장도 오사랑한테 맺힌 거 많을걸. 걔들 잘 봐. 은근 어색하고 라이벌 의식 완전 쩔어."

"아, 몰라, 몰라. 알아서 해."

나는 손사래를 쳤지만 얼굴은 웃고 있었고 마음은 붕 떠올랐다.

그렇게 작당 모의를 하느라 학교에 늦는 줄도 몰랐다. 당연히 지각이었다. 우리는 밀걸레로 3층 복도 전체를 닦는 벌을 받으면서도 신나고 즐거웠다.

때마침 오사랑이 화장실에서 나와 우리 쪽으로 걸어왔다. 나는 일부러 오사랑의 진로를 방해하며 밀걸레를 닦았다. 그러다가 밀걸레가 오사랑의 하얀 실내화를 덮쳤고, 실내화에 시커먼 땟물이 묻었다.

"야!"

오사랑의 카랑카랑한 목소리가 복도에 쩌렁쩌렁 울려 퍼졌다.

"조심 좀 하지 그랬니? 청소하는 데 방해되지 않게."

나는 아주 교양 있게 덤터기를 씌웠다.

"거지 같은 게."

오사랑은 나를 경멸에 찬 눈빛으로 쏘아보며 말했다.

"뭐라고? 다시 말해봐."

"네 심보, 네 행동, 다 거지 같아! 어떻게 하나도 안 변했어."

나는 참을 새도 없이 화가 폭발했다. 6학년 때 내가 자기 때문에 받은 스트레스가 얼만데 적반하장도 유분수지. 아니 그걸 스트레스 나부랭이로 치부하는 건 엄청 과소평가하는 거다. 그땐 죽고 싶은 심정이었으니까. 난 들고 있던 밀걸레를 오사랑 얼굴 쪽으로 툭툭 밀었다. 더러운 물방울이 떨어졌다. 그러다 힘 조절을 잘못해서 밀걸레가 오사랑의 어깨춤에 닿았다. 오사랑이 입은 아이보리색 점퍼 칼라에 얼룩이 졌다. 맹세코 실수였다. 오사랑은 얼굴이 붉으락푸르락 변하더니 다짜고짜 나를 툭 밀어뜨렸다. 보기보다 힘이 장사였다. 나는 그대로 엉덩방아를 찧었고, 밀걸레는 내 교복을 덮쳤다. 그리고 묵직하게 느껴지는 꼬리뼈의 통증.

동경이와 예리는 손으로 입을 가리고 얼어붙었다. 그때 선생님이 다급하게 뛰어왔다. 오사랑은 두 손에 얼굴을 묻고 어깨를 들썩였다. 수준급 연기였다.

"무슨 일이니? 응? 무슨 일이야?"

선생님은 복도 바닥에 주저앉아 있는 나는 버려두고 오사랑 어깨를 다독이며 물었다. 비참했다. 그때 부반장이 헐레벌떡 뛰어와 오사랑 어깨를 감쌌다.

"괜찮아?"

부반장은 슬며시 자기 손수건을 내밀었다. 오사랑이 거들떠도 안 보자 부반장은 민망해진 손을 조용히 거두었다. 애들이 몰려와 주변을 에워쌌다.

"진가인이 순전히 고의로 한 짓이에요."

오사랑은 무서울 정도로 차분하게 자초지종을 설명했고, 자신의 실내화와 점퍼 칼라에 묻은 땟물을 강조했다. 나 혼자 죄를 옴팡 뒤집어썼다. 운도 없게 내 교복에 묻은 얼룩은 표도 잘 안 났다. 사실 일부러 골탕 먹이려다 저지른 일이어서 할 말이 없긴 했다.

"혹시 너, 나한테 자격지심 있니?"

오사랑은 귓속말을 한 뒤 뒤틀린 미소를 지으며 나를 스쳐갔다.

"저게!"

나는 오른쪽 발로 복도 바닥을 툭 차면서 소리를 꽥 질렀다. 교실 쪽으로 가던 선생님이 다시 뒤돌아서 아랫입술을 꽉 깨물고 나를 향해 눈을 부라렸다. 나는 찍소리도 못했다. 예리가 눈치 없이 "너 오사랑하고 원래 알던 사이야?" 하고 묻는 말에 버럭 화부터 냈다.

"왜?"

"아니, 아까 오사랑이 너한테 하나도 안 변했다고⋯⋯."

예리가 기어들어가는 목소리로 말했다.

"그게 뭔 헛소리야?"

내가 날카롭게 따지고 들자 예리는 아무것도 아니라며 고개를 흔들었다. 문득 안티카페를 만든 건 탁월한 선택이었다는 생각이 들었다.

집으로 돌아왔다. 하루 종일 오사랑이 했던 말이 귀에 쟁쟁거렸다. 나는 텔레비전 켜는 것도 잊고 오사랑 안티카페에 들어갔다. 그새 회원 가입 신청자가 다섯 명이나 늘어 있었다. 모두 가입 승인을 해준 뒤, 오늘의 치욕을 설욕하자는 취지에서 새 글을 작성했다.

완전 짱나는 날

아침에 지각 좀 했다고 벌 청소하고 있는데

오사랑이 청소를 방해했다.

내가 밀걸레를 미는 데로 굳이 지나가겠다고

여기까지 쓰다가 글을 다 지웠다. 큰일날 뻔했다. 이렇게 쓰면 내가 오사랑 안티카페 운영자라는 게 다 들통날 거였다.

오사랑, 가면 벗다

오늘 복도 지나가다가

오사랑이 가인이한테 하는 말 들었음.

"거지 같은 게!"

엄청 고상 떨더니 입에 걸레를 물었음.

그리고 선생님 오니까 갑자기 펑펑 우는 건 뭐임?

완전 가식 쩐다는.

가인이 어이없었겠다. ㅜㅜ

힘내! 알 사람은 다 알아.

　새 글을 등록했다. 어떤 댓글이 달릴지 궁금했다. 삼십 분이나 기다렸지만 접속한 회원도 조회 수도 없었다. 다들 학원에 있을 시간이었다. 나는 당연히 학원을 땡땡이쳤다. 학원 선생님은 엄마한테 연락할 거고, 엄마는 워낙 바빠서 듣고도 깜빡하거나, 아니면 화낼 힘도 없을 거다. 시간이 흘렀지만 여전히 조회 수가 '0'이었다. 침대에 드러누웠다. 불안감에 심장이 벌떡거렸다. 마음이 계속 갈팡질팡했고, 결국 나는 다시 안티카페 폐쇄 유혹에 사로잡혔다. 하지만 폐쇄 절차가 생각보다 복잡했다. 한숨을 쉬다가 휴대폰으로 인터넷에 접속해 실시간 인기 검색어를 확인해 보다가 어느새 잠이 들었다.

　새벽녘에 눈을 떴다. 이번에도 모기 때문이었다. 이불을 벗어던지고 형광등을 켰다. 근데 아무리 찾아도 종적이 묘연했다. 모기 소리도 안 들렸다. 모기약을 뿌리고 싶었지만 꾹 참았다. 나는 모기한테 물린 팔뚝을 벅벅 긁으며 문득 오사랑을 떠올렸다. 신경을 박박 긁는 게 어쩐지 모기랑 닮았다. 자려고 눕자 다시 모기가 찾아왔다. 용감무쌍한 모기의 숨통을 끊어놓고 싶었지만 몸이 축축 늘어졌다. 그 바람에 또 모기한테 헌혈을 하고 말았다.

아침에 일어나 휴대폰을 보니 카페 댓글 알림이 떠 있었다. 설레는 마음에 카페에 들어가니, 새로 가입 신청한 애들까지 해서 총 12명이 가입했다. 우리 반 여자애들 15명, 나를 빼면 가입 안 한 한 명은 오사랑일 거고, 그럼 나머지 한 명은? 가입 안 하면 자기만 손해지, 뭐.

댓글들은 대박이었다.

⋮… 가인이가 거지면 지는 뭔데? 완전 찐따 주제에.

⋮… 뭐 천상천하 유아독쫑, 이런 건가?

⋮… 지가 세젤예인 줄 알아.

⋮… 가인이 대단 ㅜㅜ 난 그런 말 듣고 못 참을 듯.

⋮… 목격자 증언에 따르면 밀걸레를 오사랑 입에 물리려다가
　　실패했다는. ㅋ

⋮… 아, 상상만으로도 고소해. ㅎㅎ

⋮… 걔 전학 안 가나? 안하무인. 샘한테도 개겨.

⋮… 근데 샘들 오사랑한테 은근 약함.

┊… 맞아. 나도 느꼈는데. 수업 시간에 다 안다고 다른 공부해도 그냥
　　모르는 척 넘어감. 우리한테는 ㅈㄹㅈㄹ하면서.

┊… 좀 사는 거 같던데 샘한테 촌지 먹인 거 아님?

┊… 다 그런 거지, 완전 거지 같은 거지.

┊… 오, 라임 개쩌는 거지! ㅎㅎ

　어느 정도 예상은 했지만 여자애들 대부분이 오사랑의 적이었고,
미움의 뿌리는 생각보다 깊었다. 댓글이 많아지고 조회 수가 높아질
수록 거기에 비례해 내 인기가 치솟는 느낌이었다. 안티카페는 그냥
두기로 결심했다. 지원군한테서 보호 받는 느낌까지 들어 든든했다.

동네북

우리 학교 애들은 등교하자마자 휴대폰 수거 가방에 휴대폰을 꽂아둔다. 학기 초, 선생님은 공부하는 데 방해만 된다는 이유로 학교 운영위원회에서 결정된 거고, 그게 교칙이라고 통보했다. 안 내다가 발각되면 벌점을 부여받고, 휴대폰은 오 일 동안 압수당하고, 벌점이 쌓이면 교내 봉사 활동을 하기 때문에 우린 휴대폰을 낼 수밖에 없다. 나를 포함한 몇몇 애들은 벌써 몇 번씩 걸렸는데, 벌이 아주 고약했다. 교무실 청소, 복도 껌 떼기, 계단 물청소……. 특히 교무실 청소는 여간 곤혹스러운 게 아니었다. 구석구석 신체 일부 같은 먼지를 닦을 때마다 선생님들은 저마다 "가인이 그렇게 안 봤는데."라는 둥, "가인이 실망인데."라는 둥, "가인이 덕분에 교무실이 빛이 나네."라는 둥 쓸데없는 말로 내 불편한 심기를 건드렸다. 청소하는 내내 땀이 삐질삐질 나고 얼굴이 홧홧 달아올랐다. 그날 이후 더럽고 치사해서 휴대폰을 꼬박꼬박 냈다. 근데 오늘부터 생각이 바뀌었다. 오사랑 안타카페 운영자라면 언제 어디서나 휴대폰은 필수품이었다. 나는 휴대폰을 무음으로 설정하고 선생님한테는 엄마한테 압수당했다고 태연하게 거짓말했다. 그러고는 오사랑의 일거수일투족을 감시하기 시작했다. 꼭 탐정이나 파파라치가 된 기분이었다. 은근히 설레었고 공부는 뒷전으로 밀려났다.

오사랑은 체육 대회와 어울마당이 있던 날의 영광은 망각한 듯 보였다. 꼭 우울과 짜증이라는 감정만 탑재한 공부 로봇처럼 생활했다. 어떨 땐 인상을 쓰면서 공부랑 씨름했다. 공부를 억지로 하고 있다는 증거였다. 인공 지능 시대가 도래하고 있는 시점에 저런 지식들이 과연 얼마가 쓸모가 있을까. 법 조항이나 판례들을 달달 외워야 하는 변호사라는 직업도 인공 지능 변호 프로그램이 대신할 수 있는데 말이다. 그럼 변호사가 꿈이라는 오사랑은? 한마디로 쪽박 차는 거지 뭐. 결국 뭔가 창의적인 일을 하지 않으면 대접 못 받는 세상이 올지도 모른다. 나는 그런 생각을 하며 오사랑 뒤통수를 향해 쯧쯧, 혀를 찼다.

며칠 동안 오사랑을 유심히 관찰하다 보니 반장이 자꾸 눈에 띄었다. 반장은 오사랑을 멍 때리며 바라보기도 하고, 오사랑이 지우개를 떨어뜨리면 눈치를 살피다가 그냥 지나가는 척 슬쩍 주워주기도 했다. 오사랑은 고맙다는 말 따윈 하지 않았다. 싸가지가 없는 줄은 진작 알고 있었기 때문에 놀랄 일도 아니었다. 그런데 반장은 왜 자꾸 오사랑 근처에서 알짱거리지? 반장이 오사랑을 짝사랑? 에이, 설마. 맛이 간 게 아니라면 세상에 오사랑을 좋아할 애는 없을 거다.

나는 호시탐탐 오사랑의 아킬레스건을 찾아내려고 심혈을 기울였다. 하지만 오사랑 당사자보다 애들 눈 피해가며 도둑 촬영하는 건 여간 까다로운 작업이 아니었다. 웃길 만한 모습을 포착하는 게 힘들었고, 특히 오사랑은 표정 변화 없이 주로 공부만 하고 있어 웬만해선 작품이 나오지 않았다. 우연을 가장하고 동경이와 예리를 시켜 오사랑과 접촉 사고를 일으키게 했지만 별로 소용없었다.

하루는 긴급 교직원 회의 때문에 아침 자습 시간이 길어졌다. 나는 동경이, 예리와 전날 예능 방송에 출연해 시청자들한테 큰 웃음을 선사한 엑스보이스에 대해 수다를 떨었다. 이럴 때만큼은 반장이 마음에 들었다. 다른 반 반장은 선생님의 하수인이 되어 조용히 하라고 재수 없게 잘난 척을 하거나, 몰래 고자질을 할 텐데, '귀차니즘'의 전형인 우리 반 반장은 아무 관심이 없었다. 우린 입을 맞춰 노래를 부르고 안무를 따라하다가 폭소를 터트리기도 했다. 그때였다.

"야, 공부하는 거 안 보여?"

이런 말을 하는 사람은 당연히 오사랑뿐이었다.

"너희 좀 심하단 생각 안 들어? 교실 전세 냈니?"

부반장이 벌떡 일어서더니 오사랑 아바타인 양 말했다.

부반장은 오사랑 못지않은 공부벌레였다. 들리는 소문에 의하면 엄마가 짜놓은 빡빡한 스케줄을 소화하느라 동분서주하고 그것 때문

에 엄청 스트레스를 받는 모양이었다. 집에 텔레비전을 없앴고 휴대
폰은 엄마가 관리한다고 했다. 부반장은 국제 고등학교 입학이 인생
의 목표인 것처럼 행동한다. 어쩌면 그건 부반장 엄마의 꿈일 수도 있
다. 그 때문인지 부반장은 갈수록 예민해졌고 작은 소음에도 민감하
게 반응했다. 오사랑이 올백을 받은 뒤 우연인지 필연인지 둘은 짝이
되었고, 그날부터 부반장은 오사랑 옆에 달라붙어 알랑방귀를 뀌어
댔다. 부반장은 오사랑이 가려운 곳을 대신 긁어주었다. 애들한테 조
용히 하라고 툭하면 신경질을 냈고, 오사랑이 곤란한 일을 겪으면 대
신 나섰다. 그런데 둘은 늘 붙어다니면서도 거의 대화가 없는 이상한
관계이다.

"어, 피!"

부반장이 호들갑을 떨며 외쳤다. 오사랑 한쪽 코에서 피가 흘러나
왔다. 반장은 비서처럼 오사랑한테 휴지를 건네주었다. 오사랑은 휴
지를 빼앗다시피 받아들고는 교실을 나가버렸다.

"짜증 나게."

이번에도 오사랑이 흘리듯 나한테 던지는 말. 온몸의 신경 줄이 팽
팽해지는 느낌이었다.

교실 바닥에 떨어진 선홍색 피는 반장이 닦았다. 저렇게 봉사 정신
이 투철한 애였나?

"야, 저리 비켜!"

나는 무릎으로 반장의 엉덩이를 툭 치고 자리로 돌아갔다. 반장은

그 자리에 고꾸라질 뻔하다가 가까스로 중심을 잡았다. 지질한 자식.
덧니가 아깝다.

그날도 나는 집에서 식탐을 못 이기고 과식하는 것처럼 수시로 안
티카페에 드나들었다. 그러다가 오늘 찍은 오사랑 사진에 포토샵 작
업을 했다. 제목을 달고 괴기스럽고 해괴망측하게 꾸민 이미지 파일
을 첨부한 뒤 게시판에 새 글을 등록했다.

오사랑 성형 의혹!

얼마 뒤, 댓글이 달렸다.

⋮··· 인조인간 티가 나더라니.
⋮··· 천재적인 감각! 피카소가 울고 가겠음. ㅋ
⋮··· 개꿀잼. 요즘 오사랑 안티카페 들어오는 낙으로 산다는. ㅎㅎ

별명을 보니 엑스보이스와 하느님의 합성어인 '엑보느님'과 '엄지공
쥬'였다. 가장 적극적으로 나서는 걸 보니 동경이와 예리일 거라는 확
신이 들었다. 처음에 우리끼린 별명을 공개하자고 했지만 동경이는 비
밀을 유지해야 더 재미있고 스릴 있다고 주장했다. 틀린 말도 아닌 것
같아서 그렇게 합의를 봤다. 그때 댓글들이 줄줄이 달렸다.

58

⋮⋯ 완전 엽기적이다. 오랑우탄 아냐?

⋮⋯ 오랑우탄? ㅋㅋ

⋮⋯ 팩폭. ㅎㅎ

⋮⋯ 안티카페 누가 만들었는지 몰라도 상 줘야 되는 거 아님? ㅎㅎ

　오사랑 안티카페에서 오사랑은 그야말로 동네북이었다. 안티카페 회원들한테서 왠지 모를 동지애가 느껴졌다. 찜찜함은 점점 사라지고 죄책감의 칼끝도 점점 무디어져 갔다. 아니 어쩌면 오사랑 안티카페는 재판장이었고, 죄인은 왕싸가지 오사랑, 회원들은 배심원들, 그리고 운영자인 나는 정의의 수호자인 판사였다. 판사가 노벨 평화상 정도 받을 자격은 충분해 보였다. 오사랑을 제대로 응징했다는 생각에 갑갑하던 가슴이 뻥 뚫렸다.

　심심해서 휴대폰을 만지작거렸다. 인터넷 포털 메인 화면에 '어느 초딩이 쓴 글'이 화제였다. 어린애들의 기발하고 엉뚱한 시험 답안은 인터넷 유머 게시판의 단골 메뉴였다. 그런 종류겠지 지레짐작했는데 조회 수와 댓글 수가 폭발적이어서 자연 손이 갔다. 학습지에 굶주린 채 쪼그려 앉아 있는 아프리카 아이 사진이 실려 있었다. 그리고 '내 자신을 그림 속의 아이와 비교해 봅시다. 난 얼마나 행복한 사람인지 이유를 들어서 설명해 봅시다.'라는 문제. 초딩의 글이 가관이었다.

　'남의 아픔을 보고 내가 얼마나 행복한지 아는 건 별로 좋지 않다고 생각한다. 같이 아픔을 해결해 주려 하고 같이 잘 먹고 잘 살아야

될 것이다.'

그리고 유식한 척하는 베스트 댓글.

'다른 사람의 불행 앞에서 행복한 것은 수치다. ―장 드 라브뤼예르'

내 입에선 저절로 "헐!"이라는 말이 흘러나왔다. 요즘은 오사랑 안티카페가 삶의 낙인데. 남의 불행을 보고 위로 좀 받는 게 대수인가? 그게 더 인간적이지 않나? 우울하고 살기 싫을 때 응급실 가서 힘을 얻는 거하고 뭐가 달라. 괜히 시답지 않은 글을 읽느라 기분까지 잡쳤다.

슬슬 배가 고팠다. 나는 밥솥을 열었다가 닫고, 냉장고를 열었다가 닫았다. 냉장고에서 싸늘하게 식은 반찬을 꺼내는 것도 냄비에 있는 국을 데우는 것도 다 귀찮다. 고민 끝에 '짜파구리'를 해 먹었다. 요즘 먹는 게 너무 부실하다. 아침은 건너뛸 때가 많고 점심은 급식, 저녁은 주로 인스턴트 음식으로 대충 때운다. 그러다 보니 피부도 푸석하고 몸도 자주 피곤해진다.

갑자기 외롭다. 조건 반사처럼 시츄가 생각난다. 시츄랑 함께 있으면 좋겠다. 같이 밥 먹고, 무릎에 앉히고 그날 있었던 일을 이야기하다 함께 침대에서 자도 좋을 것 같다.

매일 비슷한 날들의 반복이었다. 나는 하루의 시작과 끝을 오사랑 안티카페와 함께했다. 오사랑에 대한 이야깃거리는 무궁무진했고 우리는 오사랑을 씹고 까고 발가벗기는 데 혈안이 되어 있었다. 처음에는 나 혼자만 게시물을 올리다시피 했는데 점점 다른 회원들도 글과 사진을 올렸다. 댓글은 기본 스무 개 이상이었다. 오사랑 안티카페호 우주선은 본격적인 궤도에 올라섰다. 오사랑에 대한 소문은 점점 곁가지를 뻗어나갔고 잎은 무성해졌다. 잎에 벌레가 먹었는지 말았는지, 색이 바랬는지 아닌지, 가짜 잎인지 진짜 잎인지는 전혀 중요하지 않았다.

며칠 뒤, 오사랑 안티카페 회원 수가 두 명 줄었다. 엑보느님과 별명이 기억에 안 나는 한 명. 엑보느님은 가장 적극적으로 활동해서 우수 회원으로 등업시켜 준 애였다. 나는 바로 동경이한테 문자를 보냈다.

오후 10:51 **너 탈퇴했음?**

왜? 오후 10:53

오후 10:53 **엑보느님 없던데?**

나 아닌데?

엑보 팬이 어디 한둘임? 오후 10:54

오후 10:54 **그럼 넌 누구?**

비밀로 하기로 했잖아. ㅎㅎ 오후 10:59

뭐 대단한 거라고 자꾸 비밀, 비밀, 하는지 몰랐다. 하지만 별것 아닌 걸로 사이가 틀어질까 봐 관두었다.

밤 11시 30분. 현관문 도어락에 비밀번호 누르는 소리가 들렸다. 나는 급히 불을 끄고 노트북을 닫은 뒤 침대에 누웠다. 엄마의 묵직한 한숨 소리가 정적에 휩싸인 집 안에 깊게 울렸다. 마음은 그게 아닌데 피곤에 절어 퇴근한 엄마 얼굴을 보면 자꾸 짜증이 난다. 그래서 웬만하면 엄마랑 얼굴을 마주치지 않으려고 노력한다. 그게 서로를 위하는 길이다.

똑똑! 노크 소리가 들렸다. 지저분한 거실과 주방이 떠올랐다. 최근 한 달 간 학원 땡땡이를 몇 번이나 쳤는지 계산해 보았다. 무려 칠 일. 나는 자는 척 아무 기척을 내지 않았는데 엄마는 기어코 방문을 열었다. 그러고는 한숨을 푹 쉬고 어둠 속에서 한참 나를 응시하는 듯하다가 그냥 나갔다. 휴, 나도 한숨이 나왔다. 그날은 모기가 어디로 갔는지 내 수면을 방해하지 않았다. 어수선한 꿈만 진탕 꾸었다.

다음 날 아침, 교실 창턱에 앉아 안티카페 탈퇴자가 누굴까 하며 한 명씩 살펴보았다. 감이 안 잡혔다.

"누굴까?"

"뭐가?"

예리는 자기 엄마가 직접 구웠다는 천연 효모 빵을 내밀며 물었다. 나는 빵을 뜯어 입속에 우겨 넣으며 우물우물 말했다.

"탈퇴한 애."

"나도 궁금."

예리가 눈을 말똥거리며 입술을 귀엽게 내밀었다. 그게 다였다. 이름처럼 예리한 구석은 눈 씻고 찾아봐도 없었다.

"혹시 걔가 그동안 우리가 올렸던 거, 오사랑한테 다 고자질하는 거 아냐?"

동경이도 빵을 한 조각 뜯어 먹으면서 낮은 음성으로 말했다.

"그럼 어떡해, 어떡해, 어떡해."

예리가 눈을 똥그랗게 뜨며 겁에 질린 표정으로 말했다.

"야, 그럴 리 없어. 자기도 공범인데, 뭐. 내가 확인해 봤는데, 악플 안 단 회원은 한 명도 없었어."

"오, 주도면밀함."

내 확신 어린 판단에 동경이가 엄지척을 해주었다. 나는 의기양양 어깨를 으쓱했다. 그럴수록 특종을 낚아서 카페 회원들의 입맛을 더욱 돋워주고 싶었다. 그건 운영자로서의 책임감 같은 거였다. 어쩌면 가슴 한쪽 구석에서 덩굴처럼 뻗어나가기 시작한 불길함을 감추기 위한 위장 전술일지도.

그다음 쉬는 시간, 우린 내가 수업 시간에 몰래 짠 시나리오를 가지고 화장실에서 작전 회의에 들어갔다. 위험 부담은 있지만 오사랑의 이미지를 실추시키기에 적절한 각본이라는 평가였다. 실행에 옮길 시간은 5교시 체육 시간이었다.

급식을 먹고 종이 치기 전 나는 신발 주머니에 휴대폰을 넣고 운동장으로 나갔다. 오사랑은 예상대로 애들을 등진 채 벤치에 앉아 문제집을 풀고 있었다. 수업이 시작되고 얼마 뒤 남학생들은 축구를, 여학생들은 피구를 하기 시작했다. 체육 선생님은 고맙게도 잠깐 자리를 비운 터였다.

나는 동경이와 예리한테 눈짓으로 신호를 보냈다. 그러고는 화장실에 다녀온다는 핑계로 운동장을 벗어나는 척하다가 세면대 뒤쪽으로 숨었다. 오사랑이 가까이에서 잘 보였고 각도도 훌륭했다. 그때 동경이가 실수인 척 오사랑을 향해 공을 날렸다. 그 순간부터 나는 휴대폰으로 동영상을 촬영했다. 공은 오사랑의 뒤통수를 정확하게 맞혔다. 원래는 등을 맞히려고 했는데 하늘도 우리 편인지 일이 술술 잘 풀리고 있었다. 오사랑의 안경이 툭 튕겨져 나갔다.

"미안. 일부러 그런 건 아냐."

동경이가 미안해서 어쩔 줄 몰라 하는 연기를 했다. 나는 빵, 웃음이 터지려는 걸 간신히 눌러 참았다. 피구를 하던 아이들은 키들키들 웃음을 터뜨렸다. 그 순간, 오사랑은 그 자리에서 일어나 동경이의 뺨을 찰싹 때렸다. 졸지에 봉변을 당한 동경이는 두 손으로 뺨을 감싼 채 그 자리에 석고상처럼 굳었다. 애들은 경악을 금치 못하는 표정이었다. 정말 액션 영화라도 찍는 기분이었다.

악역을 맡은 오사랑은 안경을 다시 끼고 책을 챙겨 든 채 화장실로 직행했다. 촬영 감독인 나는 거기까지 동영상을 촬영하고 저장했다. 대박 예감이었다.

자신이 엑스트라인지도 모르는 애들은 주인공 동경이를 에워싸고

등을 토닥여주었다. 나도 후다닥 뛰어가 그 대열에 합류했다. 뽀얀 동경이의 뺨에 붉은 손자국이 나 있었다.

"저게 미쳤나?"

난 마치 내가 당한 일인 양 흥분을 감추지 않았다.

"양심도 없다. 먼저 시작한 사람이 누군데."

악역 조연 부반장이 빈정대듯 말했다. 요즘 갈수록 부반장의 정체성이 무엇인지 궁금해졌다. 오사랑을 편들어 주는 것 같다가, 그 반대 같기도 하다가. 혹시 안티카페 탈퇴한 애가 부반장? 아님 가입 안 한 애? 부반장한텐 끝까지 비밀로 하자고 할걸. 후회막급이었다.

"실수라잖아."

"그래, 누가 봐도 실수처럼 보였어. 아주 자연스러운 연기였다고."

카메오로 출연하는 예리 말에 부반장은 의뭉스러운 태도로 이기죽거렸다. 그러고는 휙 뒤돌아서더니 엉덩이 씰룩대면서 화장실 쪽으로 걸어갔다. 의문의 1패를 당한 기분이었다. 쟤 이름이 뭐였더라? 아, 박미라. 다음번엔 '박미라 안티카페'다!

동경이는 난생처음 뺨을 맞았다며 눈물 콧물 쏙 뺐다. 비장한 말투로 학교 폭력으로 신고할 거라는 걸 내가 겨우 말렸다. 먼저 시작한 쪽은 우리니까. 사실 고의성이 다분해 보이기도 했고. 다행히 동경이는 체육 시간이 끝나갈 즈음엔 진정이 되었다.

쉬는 시간에 나는 동경이와 예리를 데리고 사람들 눈에 안 띄는 비상계단 쪽으로 갔다. 아까 찍은 동영상을 확인해 보니 안티카페를 뜨겁게 달굴 거라는 확신이 섰다. 동경이는 쌍수를 들어 환영하면서도 뺨에 맞는 장면은 모자이크 처리하라고 신신당부했다. 벌써부터 애들의 반응이 궁금해서 미칠 지경이었다.

나는 집에 가자마자 노트북 앞에 앉았다. 노트북 화면에 언뜻 보인 내가 꼭 독 오른 뱀 같았다. 나는 인터넷 검색으로 동영상 간단 편집법을 익혀 동경이가 뺨 맞는 장면은 모자이크 처리를 했다. 그러고는 급히 진상오사랑 메뉴에 동영상을 올렸다. 고심 끝에 제목을 지었다.

오늘의 특종 영상! 조폭각 오사랑!

근데 오늘따라 한 시간이 지나도록 조회 수가 늘지 않았고 댓글 또한 달리지 않았다. 갑자기 김이 샜다. 평소와 다름없이 옷과 양말을 아무데나 벗어 던졌다. 그러고는 냉장고와 다용도실을 뒤져서 포만감이 느껴질 때까지 군것질을 했다. 온 신경은 오사랑 안티카페에 가 있었고, 결국 몇 분 지나지 않아 다시 안티카페에 접속했다. 아무 변화가 없었다. 자꾸만 조바심이 나서 심장이 오그라드는 것 같았다. 꽤 오랫동안 그렇게 시간을 허비하고 접속했을 때, 와글와글 댓글이 달려 있었다.

¦⋯ 제목 짱! 역시 기대를 저버리지 않는 안티카페 클라스!!!

¦⋯ 완전 성격 파탄!

66

ⁱ... 이생망. ㅋㅋ

ⁱ... 그건 그렇고 동경이 진짜 아팠겠다 ㅜㅜ 호 해줄게.

ⁱ... 학폭으로 신고해야 하는 거 아님?

ⁱ... 으으으, 생각만 해도 딥빡.

이 정도에서 나도 생색내기용 댓글 하나쯤 달아줘야 했다.

ⁱ... 이거 찍느라 애 좀 먹음.

실수였다. 삭제 버튼을 누르기도 전에 바로 의문을 제기하는 댓글
이 올라왔다.

ⁱ... 근데 너 누구임?

ⁱ... 이거 피구할 때 찍은 거 아님?

ⁱ... 오늘 폰 안 낸 사람 누구지?

ⁱ... 폰을 안 내고 들고 나갈 정도의 강심장. 우리 피구할 때 잠깐 빠져
    있었던 사람? 아님 일찍 아웃돼서 나갔던 사람?

ⁱ... 글쎄, 요즘 애들 잘 안 내잖아. 나도 안 냈음.

ⁱ... 나도.

ⁱ... 미 투!

ⁱ... 근데 이 카페 운영자 누군지 나만 궁금?

이야기가 점점 예상치 못한 방향으로 흘러가고 있었다. 간이 점점 졸아붙어 콩알만 해지고 좁쌀만 해졌다.

> ┊… 몰라 몰라. 그게 뭐가 그렇게 중요함?
> ┊… 맞아 맞아. 이 동영상이면 나중에 오사랑 유명인 됐을 때 유튜브에
>   올리면 좋겠다는.
> ┊… 유명인? 폭행죄로 구속 수감돼서 유명해지는 거면 몰라도. ㅎ
> ┊… 완전 핵사이다!!!
> ┊… 참, 반장이 오사랑 짝사랑하는 거 아냐?
> ┊… 그건 또 무슨?
> ┊… 오사랑 지우개 주워준 거 하며, 오사랑 편드는 거 하며, 오사랑
>   보고 얼굴 뻘게진 거 하며, 수상한 게 한두 가지가 아님.
> ┊… ㅠㅠ상종
> ┊… 말세 ㅡㅡ

안티카페 수호자들이 나서주고, 내가 또 다른 유언비어를 퍼뜨리자 다행히 댓글의 방향은 제자리를 찾았다. 나는 휴, 심호흡을 하며 가슴을 쓸어내렸다.

피자나 하나 데워 먹으려고 문을 열고 나갔다. 언제 들어왔는지 엄마가 팔짱을 낀 채 소파에 앉아 있었다. 나는 모른 척하고 방에 다시 들어갔다. 엄마가 문을 벌컥 열어젖혔다. 단단히 벼른 표정이었다.

"노크 안 해? 에티켓도 없이."

"뭐가 어쩌고 어째?"

"아 몰라, 나가. 나가라고!"

나는 엄마를 쳐다보지도 않고 거세게 항의했다.

"너 엄마랑 얘기 좀 해."

"엄마가 뭔데 이래라저래라야. 엄마가 나한테 해준 게 뭔데!"

엄마가 나한테 해준 거라곤 기껏해야 아침과 저녁 차려 먹게 밑반찬 사다 놓는 거, 용돈 찔끔 주는 거, 빨래와 설거지와 청소하는 거, 그게 다다. 하지만 나는 요즘 급식을 제일 맛있게, 제일 많이 먹는다. 용돈은 동경이와 예리에 비하면 새 발의 피다. 그리고 빨래, 설거지, 청소? 다른 엄마는 안 하나? 과연 중학교 2학년 딸한테 그런 거 맡길 마녀 같은 엄마가 세상에 몇 명이나 존재할까? 더군다나 빨래를 미리미리 안 해놓아서 입었던 옷을 또 입고 간 적도 있다. 청소년인 나는 요즘 온몸에 푸른 물이 드는 게 아니라 쥐색 멍이 드는 것 같고, 때론 곰팡이가 피는 것 같다.

"너, 너, 말 다했어?"

"아, 됐어. 짜증 나니까 나가!"

난 할 말이 산더미처럼 많았지만 이야기가 길어질 것 같아 그만두었다. 내가 문을 닫으려고 하자 엄마는 완강하게 문을 열어젖혔다. 나는 팔짱을 낀 채 엄마를 등지고 침대에 걸터앉았다. 엄마는 내 책상 의자에 앉는 것 같았다. 아직 오사랑 안티카페 로그인 상태였다.

나는 급히 노트북 모니터를 닫았다. 다행히 엄마는 카페 제목은 못 본 것 같았다. 봤다면 또 한참 설교를 들어야 했을 거다.

"아, 빨리 할 말이나 하고 나가!"

나는 적반하장 격으로 왈칵 화를 냈다.

"학원은 어떻게 된 거야?"

"아팠다고 했잖아."

"몇 날 며칠씩이나?"

치사하게 그걸 다 세고 있었다.

"엄마는 땅 파서 돈 버는 줄 아니? 그렇게 허비할 돈 있으면 사회에 기부하는 게 나아."

길길이 날뛰는 나와는 달리 엄마는 무서울 정도로 냉정을 되찾았다. 말 톤도 일정했다.

"그렇게 해. 제발 학원 끊고 기부나 하라고! 내가 바라는 바야."

엄마는 윗니로 아랫입술을 깨물었다.

"너 너무 해이해졌어. 그러다가 앞으로 공부 더 힘들어져. 나중에 후회해도 소용없다고. 너희 반 오사랑이는 시험 칠 때마다 올백이라며? 처음에는 성적이 너보다 낮았다며. 그 봐. 하면 되잖아. 걔는 중학교 3학년 과정도 벌써 다 뗐다더라. 곧 고등학교 과정 들어간대. 엄마 많이 바라지도 않아. 학원 열심히 다녀서 고등학교 1학년 과정만이라도 시작……."

엄마들 사이에서도 단톡방이 있다더니 거기서는 오사랑이 추앙의

70

대상인 모양이었다. 나는 엄마 말에 귀와 코에서 압력 밥솥처럼 김이 새어 나올 것 같았다. 오사랑과 나는 다른데, 사람마다 다 차이가 있는 건데. 엄마는 대학에서 교육학을 배웠다는 사람이 자녀와 대화할 때 가장 기본적인 게 이해와 존중이라는 걸 모르는 것 같았다. 그건 그렇고 엄마도 내가 초등학교 6학년 때 어떤 애 때문에 죽을 만큼 힘들었다는 거 알 텐데, 그 애가 오사랑이라는 걸 알면 어떤 표정을 지을까. 하지만 나는 어떤 이유에서든 과거를 헤집는 건 정말 싫다.

"걔 좋은 대학 못 가. 인성이 쓰레기거든. 엄마가 그랬잖아. 요즘은 인성 안 좋으면 좋은 대학 못 간다고."

나는 한마디도 지지 않고 바락바락 대들었다.

"쓰레기가 뭐니, 쓰레기가? 그러는 너는 인성이 아주 훌륭하다."

엄마는 꼭 내 입을 막아야 직성이 풀리는 모양이었다. 속에서 불길이 치솟았다.

"아, 됐어. 내 일은 내가 알아서 해!"

난 목에 핏대를 세우고 소리쳤다.

"어련하시겠어. 너, 그딴 식으로 할 거면 다 때려치워!"

엄마가 다시 이성을 잃고 눈을 부릅뜬 채 소리쳤다. 나는 주눅 들지 않고 되받아쳤다.

"고마워. 학원도 끊을 거야!"

"네 맘대로 해! 헛 키웠다, 헛 키웠어. 집안일도 밥이 되든 죽이 되든 엄마가 알아서 다 할게, 다! 됐니? 속 시원해?"

드디어 엄마가 포기 선언을 했다. 진작 그렇게 나왔다면 서로 마음을 할퀴며 아귀다툼을 벌일 필요도 없었을 텐데. 기분만 엉망진창으로 만들어놓고 이게 뭔가. 나는 엄마가 임용 고사에 합격해서 정식 교사가 되는 것 자체가 어불성설이요, 우리나라 교사 임용 제도에 심각한 문제가 있는 걸 방증하는 거라고 쏘아주고 싶었다. 하지만 그 전에 엄마는 문을 쾅 닫고 나가버렸다. 속이 후련할 줄 알았는데 찝찝하기만 했다. 그래도 학원 안 다녀도 된다니 수확이 나쁘진 않았다.

요즘은 엄마랑은 마주치기만 하면 불꽃이 튄다. 엄마가 임용 고사를 준비하겠다고 결심한 뒤 사는 게 분주해지니까 나 역시 힘들어졌다. 아빠랑 심각하게 불협화음이 일면서부터 맛있게 밥 먹는 것도 용돈 달라는 것도 눈치가 보였다. 엄마는 내가 집에 들어올 때 어떤 기분인지, 내가 어떻게 사는지 궁금하기는 할까? 정말 요즘 사는 게 거지 같은데.

평소 같으면 어떤 댓글이 더 달렸을지 궁금해 오사랑 안티카페를 들락날락했을 거였다. 그리고 자정이 넘어서야 잠자리에 들었을 거였다. 그런데 더 이상 안티카페고 나발이고 아무 관심도 없었다.

그날 이후 안티카페는 시들해졌다. 얼마 안 남은 기말고사 때문에 애들은 학교 마치자마자 학원에 가 밤늦도록 공부하고, 어깨와 등과 마음에 무거운 짐을 진 채 집으로 돌아갔다. 그 때문에 새 글이나 댓글이 등록되었다는 알림은 한동안 뜨지 않았다. 꼭 말라비틀어진 나무 꼭대기에 홀로 앉은 까마귀가 된 기분이었다. 까악, 까악 외쳐도 아무도 바라보지 않았다.

나도 시험공부를 하려고 수학 책을 펼쳤지만 집중은 안 되고 골치만 아팠다. 공부를 하도 안 해 머리에 녹이라도 스는 걸까. 화장실에 가서 소변을 보고 물을 마시려고 주방 쪽으로 갔다.

"앗! 깜짝이야. 놀랐잖아."

엄마가 불도 안 켜고 식탁에 앉아 소주를 마시고 있었다. 안주도 없었다. 엄마는 미동도 하지 않고 아무런 대꾸도 없었다.

나는 티 안 나게 콧방귀를 뀌고 물을 마신 뒤 내 방으로 들어갔다. 일을 복잡하고 힘들게 만드는 건 늘 엄마다. 심란해서 이리저리 뒤척이느라 잠이 안 왔다. 시간이 지날수록 컨디션도 엉망이었다.

때마침 모기가 왱왱대서 형광등을 켰다. 이쯤이면 집 안 어딘가에 자리 잡고 사는 게 틀림없었다. 사생결단을 내야 했다. 눈에 불을 켜고 샅샅이 뒤졌다. 그때 내 레이더망에 천장 구석에 붙어 있는 모기가 포착됐다. 얼마나 흡혈을 해댔는지 궁둥이가 빨갰다. 붙박이장 때문에 때려잡기 애매한 위치였다. 나는 살금살금 다가가 폴짝 뛰어 부채를 휘둘렀다. 천장에 아무 흔적이 없는 걸로 봐서 실패였다. 약이 바짝 올랐다. 혹시 오사랑의 사주를 받고 작동하는 인공 지능 모긴가, 하는 어처구니없는 생각까지 했다.

11월 25일

우연히 화장실에서 J의 작전을 엿들었다.

행인1과 행인2는 연신 극찬했다.

도대체 내가 뭐라고 그런 일까지 벌일까, 한심했다.

행인1은 나한테 무슨 억하심정이 있는 걸까.

공을 일부러 맞히고는 적반하장으로

날 잡아먹을 듯이 노려보았다.

그러더니 "병신 같이 꼴좋다." 하며 썩소를 지었다.

분노가 치솟았고 나도 모르게 행인1의 뺨을 쳤다.

눈물이 터져 나오는 걸 들키지 않으려고 그 자리를 벗어났다.

내 신경은 칼끝처럼 예민해졌다.

기분 나쁜 웃음소리가 심장을 갉아먹는 것 같다.

그 볼거리 넘치는 현장에 왜 J가 안 보였는지 그것도 궁금하다.

나 혼자만 바보가 된 것 같다.

마음 독하게 먹자, 더 이상 나를 방치하지 말자, 결심한 지

하루도 지나지 않아 단단했던 마음이 흐물흐물해졌다.

머릿속에 저장되어 있는 기억들을 모조리 삭제 후

휴지통 비우기를 하고 싶다.

지금은 또 독서실.

집에 가봤자 나를 기다리는 사람은 아무도 없다.

애들이 소곤대는 소리가 머리를 어지럽힌다.

교실에서도 애들은 소곤댄다.

나와 눈이 마주치면 즐겁게 춤을 추다가 그대로 멈춘 것처럼

어색하게 굳어지던 동작과 표정들.

뭘까?

오드리 동영상이나 봐야겠다.

오드리, 잘 있니?

어디서 무얼 하며 지내니?

미안해.

언니가 잘못했어.

빙산의 일각

　엄마는 감기에 된통 걸렸다. 요 며칠 골골하더니 어젯밤부터 기침이 꽤 심해졌다. 은근히 신경 쓰였다.

　점심때쯤 아빠한테서 연락이 왔다. 일이 꼬여 이번 주에도 집에 못 올 것 같다고. 벌써 네 번째다. 나는 알았다고 무미건조하게 대답했다. 아빠는 거짓말에 서툴다. 언제까지 나를 속이려고 하는 걸까.

　"시츄 사줘!"

　나는 밑도 끝도 없이 요구했다.

　"시츄? 엄마 개 키우는 거 싫어할 텐데. 털 날린다고."

　"나는 좋아. 왜 엄마 의견만 중요해? 알레르기 있는 것도 아니잖아. 나 집에 혼자 있기 무섭다고!"

　나는 나 하고 싶은 말만 하고 전화를 끊어버렸다. 외롭다는 말은 쑥스러워서 삼켰다. 했어도 아빠는 쪼그만 게 외로움이 뭔지 알기나 하냐고 핀잔을 주었을 거다. 외로움? 나도 안다. 그건 내 일상이다.

엄마는 아픈 몸으로도 내 끼니를 챙기고 설거지하고 청소를 했다. 내 마음을 불편하게 하려고 작정한 것 같았다. 얼마 뒤 엄마는 외투를 걸친 채 자동차 키를 챙기고 밖으로 나갔다. 단단히 앵돌아졌는지 어디 갔다 온다는 말도 없었다.

나는 거실을 왔다 갔다 하다가 좀 미안한 것도 있고 해서 세탁실로 갔다. 휴대폰으로 세탁기 돌리는 법을 검색했다. 전원 버튼을 누르고, 은향균 버튼을 누르고, 물의 수위를 조절했다. 액체 세제를 적당량 넣고 동작 버튼을 눌렀다. 물이 줄줄 흘러나왔다. 세탁기 뚜껑을 닫고 점심을 챙겨 먹었다. 행주로 식탁을 닦고, 반찬은 냉장고에 넣고, 빈 그릇은 싱크대에 놓아두었다.

오사랑 안티카페에 들어갔지만 방문자가 나 말고는 없었다. 동경이는 '열공 모드' 돌입, 예리는 오늘 삼촌 결혼식에 간다고 했다. 무료한 시간이 흘러갔다. 습관적으로 휴대폰을 만지작거리다가 틈틈이 안티카페에 들어가 봤지만 썰렁하기만 했다.

이리저리 빈둥대다 보니 세탁이 끝났다는 벨소리가 들렸다. 나는 세탁물들을 탈탈 털어서 건조대에 널어 말렸다. 뭐 별것도 아니네. 그런데 엄마 옷을 말리려는 찰나, 나는 할 말을 잃고 말았다. 하나같이 오래된 옷뿐이었다. 보풀이 일고 어떤 옷은 소매 부분이 해진 것도 있었다. 그것도 학교 출근할 때 입는 외출복인데. 고등학생 언니 오빠들이 엄마를 보고 어떤 흉을 볼지 짐작이 되고도 남았다. 우리 반 애들도 선생님들이 입은 옷 브랜드를 보고 선망의 눈길을 보내거나 무시하곤 했다. 나도 모르게 얼굴에 열이 올랐다. 그러고 보니 요즘 엄마는 철마다 내 옷은 사주지만 엄마 옷은 사지 않았다. 우리 선생님처럼 멋지고 예쁘게 입고 다니면 안 되나? 꼭 저렇게 지지리 궁상으로 살아야 하나? 돈 벌어서 다 뭐 하나? 나 모르는 빚이 있나? 생각보다 어른들의 세계가 복잡다단할 것 같다는 생각이 들었다.

나는 엄마랑 부딪치는 게 싫어 외출을 했다. 문득 엄마한테 이겨서 좋은 건 뭔지 궁금해졌다. 집안일과 공부 지옥에서 해방되는 거? 하지만 그럼 엄마랑 앞으로 쭉 이렇게 어색하고 불편한 사이가 될지도 모른다. 성적은 추락하고 애들도 선생님들도 나를 얕잡아 볼지 모른다. 그건 또 싫은데. 머릿속이 축축하게 젖은 채 구겨지고 찢기고 먼지까지 잔뜩 묻은 종이 뭉치 같았다.

11월도 다 끝나갔다. 늦가을이라는 계절의 황량함은 어쩐지 외로움과 한통속인 것 같다. 앙상한 나무도, 바싹 말라 뒹구는 낙엽도, 쌀쌀한 공기도, 찬바람도, 찬비도……. 외로운 것들은 서로 닮았다. 사람도 마찬가지다. 외로운 사람들은 가끔 초점 없는 눈동자로 멍 때리고, 어깨를 축 늘어뜨리고 터덜터덜 걷는다. 딱 질색이다. 트렌드라는 혼밥 문화도 나랑 안 맞는다. 나는 북적북적하고 왁자지껄한 게 좋다. 그런 분위기 속에 파묻혀 있다 보면 외로움은 잠시나마 꼬리를 감춘다.

휴, 한숨을 쉬자 입김이 폴폴 날렸다. 혹시 부재중 전화나 문자가 왔나 싶어 휴대폰을 확인했지만 없었다. 공원 의자에 앉아서 지나다니는 사람들과 공원 주위로 즐비하게 늘어선 건물들을 구경했다.

그때 우연히 반려동물 용품점을 빤히 들여다보는 여자애가 시야에 들어왔다. 야구 모자를 꾹 눌러쓰고, 카키색 점퍼와 레깅스를 입고, 컨버스화를 신은. 그 애가 몸을 돌렸을 때 옆얼굴이 낯익었다. 슬금슬금 다가가 입간판에 몸을 숨긴 채 얼굴을 확인했다. 오사랑? 평소 인상착의가 아니어서 못 알아볼 뻔했다. 주말엔 저 면상 안 보나 했는데 이래저래 악연이었다.

오사랑은 점퍼 주머니에 손을 집어넣고 발걸음을 돌렸다. 오늘따라 오사랑 어깨가 좁고 구부정해 보였다. 걸음도 터덜터덜 힘이 없었다. 외로운가? 나는 오사랑이 '커플 멀티방'이라는 간판이 있는 곳을 지나갈 때, 때를 놓치지 않고 휴대폰으로 사진을 찍었다.

사진을 확인하고 고개를 드니 오사랑은 감쪽같이 사라지고 없었다. 이곳저곳 쏘다니다가 편의점에서 컵라면을 사 먹었다. 그러고는 아파트 단지 놀이터에 앉아 단톡방에서 수다를 떨었다. 동경이와 예리가 없어서인지 금방 흥미가 떨어졌다. 찬바람이 옷깃을 파고들었다. 하릴없이 집으로 갔다. 마침 엄마가 베란다에서 나오고 있었다.

"담부턴 섬유 유연제 넣어."

깜빡했다. 근데 고맙다는 말은 고사하고 다음이라니? 내가 설마 빨래를 또 할 거라고 착각하나? 콧방귀가 절로 나왔다. 내 마음 편하자고 한 거지, 엄마를 위해 한 게 아니라는 걸 알아주면 좋겠다.

침대에 누워 휴대폰으로 안티카페에 들어갔다. 알림 설정을 바꿔서 몰랐는데 새 글과 댓글이 달려 있었다. 그때 엄마 목소리가 들려왔다.

"엄마 약 먹고 한숨 잘 테니까, 점심 시켜 먹든지 해. 식탁에 카드 놔둘게."

나는 아무 말 없이 새 글과 댓글을 읽어보았다. 열성 카페 운영자답게 일일이 반응해 주었고, 그 바람에 순식간에 불이 활활 타올랐다. 나는 그 불에 휘발유까지 끼얹었다.

오사랑! 이중 아니 다중 인격자!
사진에 나오는 사람 누구게?
…
바로바로 오사랑!
커플 멀티방에서 나오는 거 두 눈으로 똑똑히 목격함.

멀티방 이야기는 순전히 재미로 덧붙였다. 실시간으로 댓글이 달렸다. 댓글의 개수만큼 외로움의 부피가 줄어들었다.

⸽… 멀티방은 게임하고 TV만 보는 게 아니라던데. ㅎㅎ
⸽… 고상한 척은 혼자 다 하더니.
⸽… 오사랑 쌍둥이 아냐? 혹시 출생의 비밀?

⋮... 저런 애가 세상에 둘씩이나? 그건 재앙이야.

⋮... ㅇㅈ

⋮... ㅋㅋㅋㅋㅋㅋㅋㅋ

⋮... 혹시 만렙 꽃뱀? 왠지 그런 느낌적인 느낌.

⋮... 꽃-뱀[뺌]「명사」「1」『동물』피부에 알록달록한 빛깔을 가진 뱀.
   「2」남자에게 의도적으로 접근하여 몸을 맡기고 금품을 우려내는
   여자를 속되게 이르는 말.

나는 수시로 안티카페에 접속해서 댓글을 달았다. 그건 어떤 게임
보다 스릴 있었고, 그래서 쉽게 중독되어 갔고, 어느새 무아지경에 빠
졌다. 브레이크가 고장 난 폭주 기관차처럼 내달렸다. 그날은 새 글
을 등록하고 댓글을 다느라 늦도록 잠을 안 잤다. 새벽 두 시쯤 되어
서야 눈이 슬슬 감겨 침대에 널브러졌다. 마치 늪 속으로 빠지는 기
분이었다.

11월 28일

벌써 일 년이 넘었다.

오드리가 사라진 지.

지금까지 그때 기억은 악몽이다.

그 사달이 난 걸 엄마 아빠 때문이라고 원망한 적도 있다.

따지고 보면 다 내 잘못인데.

나는 그때 완전 넋이 빠진 상태였다.

그동안 나 자신을 쿨한 애라고 착각했다.

쿨한 게 멋있어서 그렇게 보이려고 애쓴 기억도 있다.

부모의 이혼? 그게 나랑 무슨 상관? 안 맞으면 헤어지는 거지.

안 맞는 사람끼리 맨날 지지고 볶고 싸우는 것보다는

차라리 그게 낫지 않아?

애들이 부모의 불화 때문에 고민을 털어놓으면

이렇게 말하곤 했다.

막상 내가 그 입장이 되니,

충격파는 내가 지탱하고 있던 삶의 지축을 흔들었다.

공부고 뭐고 다 때려치우고 싶었다.

오드리를 데리고 가출을 감행했다.

여기저기 쏘다니다 만 하루가 안 되어 편의점 알바생이

신고해서 파출소로 연행.

돈도 있는데 그냥 가출 청소년 흉내를 내고 싶어 슬쩍 하다가

발각된 거였다.

돈 두 배로 주면 될 거 아니냐고

되레 큰소리치며 싸가지 없이 굴었는데,

그게 알바생을 더 자극했다.

파출소로 온 사람은 아빠였다.

인생 최초 가출이 그렇게 비참하게 막을 내릴 줄은 몰랐다.

82

집에 오고 나서야 오드리가 없어졌다는 사실을 깨달았다.

실감이 나지 않았고, 소름이 돋았고, 심장이 벌렁거렸고,

디디고 있던 바닥이 푹 꺼지는 것 같았다.

몇 날 며칠 내가 돌아다닌 곳을 추적하며 쏘다니고,

인쇄물 수백 장을 돌리고 SNS에도 올렸지만 소용없었다.

공부하다가 머리 식힐 겸 밖에 나왔다가 습관적으로

유기동물보호센터에 들렀지만 오드리 소식은 여전히 오리무중.

마음이 허전해서인지 날이 더 춥게 느껴졌다.

갑자기 내일이 부담된다.

엄마가 만나는 사람과 대면해야 한다.

싫고 좋고를 떠나 귀찮다.

엄마는 기어코 결혼식에 이 사람 저 사람 부를 모양이다.

정말 그러고 싶나?

하기야 아빠는 그 여자랑 벌써 동거 중이니 할 말 없다.

엄마는 꼭 홧김에 재혼하는 것처럼 보인다.

상대가 엄마랑 대학 동기고 나 어릴 때부터 매년 내 생일을

챙겨주던 사람이라는 게 맘에 안 든다.

꼭 내 키다리 아저씨를 빼앗긴 기분이다.

사는 게 피곤하다.

오드리만 돌아온다면 단둘이 살고 싶다.

다음 날, 아침에 일어나자마자 휴대폰으로 오사랑 안티카페에 접속했다. 새 글이 등록되어 있었다.

얘들아.
우리 오사랑 너무 미워하지 말자.
이건 좀 아닌 것 같아.
솔직히 우리 오사랑 잘 모르잖아.
적어도 공부 열심히 하는 건 배울 만하잖아.

안티카페에서 목사님처럼 설교라니, 아직 분위기 파악이 그렇게 안 되나? 나는 즉각 댓글을 달았다. 빨리 입력하려다 보니 자꾸 오타가 났다.

⋮… 여긴 오사랑 안티카페라는 거 모름? 오사랑 까기 싫음
　니가 오사랑 팬카페 만들면 되지 않음? 이 글 자삭하기 바람.
　또 이런 글 올리면 운영자 권한으로 강퇴 처리함.

나는 아점을 대충 때우고 집을 나섰다. 혹시나 하고 공원에 나가 약속 있는 사람처럼 서성거렸다. 아니나 다를까, 오사랑이 어제와 똑같은 복장으로 나타났다. 어? 그런데 오사랑 뒤에서 양복 입은 아저씨가 따라가더니 오사랑 손을 덥석 잡았다. 오사랑은 깜짝 놀라고는

슬며시 손을 뺐다. 근데 누구지? 아빠? 저렇게 안 닮은 아빠는 세상에 없다. 게다가 이마가 훤해 반 대머리나 마찬가지인 아빠라니. 그럼? 한 번 삐딱하게 생각하자 계속 생각이 삐딱해졌고, 상상은 걷잡을 수 없었다. 나는 의자에서 일어나 오사랑을 미행하기 시작했다.

혹시 말로만 듣던 원조 교제? 아까부터 내 촉이 그렇게 말하고 있었다. 얌전한 고양이 부뚜막에 먼저 올라간다던데, 딱 그 짝일지도 모른다. 그래도 이건 너무 아찔하고 불온한 부뚜막인데. 게다가 오사랑은 얌전하지도 않았고. 나는 내 눈을 믿을 수가 없어 눈을 비비고 또 보았다. 안티카페를 들썩이게 할 특종을 낚은 것만 같았다.

오사랑의 표정은 학교에서나 밖에서나 냉랭했다. 대머리 아저씨는 오사랑을 바라보며 계속 느끼한 미소를 보냈다. 대머리 아저씨가 한 걸음 접근하면 오사랑은 그걸 의식한 듯 한 걸음 떨어졌다. 나는 반쯤 넋이 빠져 있다가 가까스로 정신줄을 잡았다. 그러고는 잽싸게 휴대폰으로 사진을 찍었다.

오사랑과 대머리 아저씨는 아주 비싸 보이는 고급 레스토랑으로 들어갔다. 보디가드 비슷하게 생긴 사람이 문 앞을 지키고 있어서 나는 들어갈 엄두도 못 냈다. 다행히 둘은 1층 통유리창 바로 앞에 앉았다. 어느 순간 나는 오사랑이 원조 교제 하고 있는 거라고 결론 내리고 있었다.

대머리 아저씨가 묻고 오사랑은 고개를 숙이거나 딴 곳을 응시하며 대답했다. 한참 뒤 음식이 나왔다. 대머리 아저씨가 스테이크를 오사랑한테 덜어주었다. 그러고는 지갑에서 지폐 몇 장을 꺼냈다. 나는 그 결정적인 장면을 재빨리 찍고 부리나케 집으로 달려왔다. 다리가 후들거렸고 심장이 벌렁거렸다. 죄는 오사랑이 짓는데 내가 왜 이렇게 떨리는지 알다가도 모를 일이었다.

집에 들어와서야 안도의 한숨이 나왔다. 현관문 닫히는 소리가 엄청 크게 들렸다. 엄마가 그 소리를 듣고 깜짝 놀라서 나왔다. 머리칼이 귀신 같았다.

"무슨 일이야?"

"아무것도."

나는 엄마를 쳐다보지도 않고 쌀쌀맞게 대꾸했다. 그러고는 내 방으로 쏙 들어갔다. 의도치 않게 문이 쾅 닫혀 나도 놀랐다.

얼마 뒤, 주방에서 도마에 칼질하는 소리가 들렸다. 배가 꼬르륵거렸다. 나는 안티카페에 접속했다. 이상한 글을 올려 아침부터 신경을 긁은 애는 자기 글을 삭제하고 탈퇴한 상태였다. 그런데 누굴까? 흥분 상태에서 댓글까지 다느라 별명이 무언지도 확인 안 했다. 나는 우리 반 여자애들을 한 명씩 떠올리고 메일 주소를 캐다가 포기했다. 그러고는 곧장 오늘 찍은 특종 사진을 올렸다. 궁리 끝에 다소 자극적인 제목을 달았다. 대머리 아저씨가 느끼하게 웃는 사진, 최대한 가까이 접근한 사진, 오사랑이 돈 받는 사진, 정확하게 말하면 돈을 받는 게 아니라 아저씨가 내미는 사진 등 오해하기 딱 좋은 사진들만을 골라 게시판에 올렸다.

충격 속보, '오사랑 원조 교제?!'

설명이 필요 없었다. 제목과 사진이 모든 걸 말해주었다. 나는 우리 반 여자애들 단톡방에 들어가 미끼를 슬쩍 던졌다.

13 오후 5:01 **카페에 멘붕글!**

내 메시지 옆에 '13'라는 숫자가 급격하게 줄어들더니 카페에 애들이 접속하기 시작했다. 댓글이 실시간으로 달렸다.

⋮... 우웩, 역겨워!
⋮... 미친년.
⋮... 개막장!!! 돈이 그렇게 궁하나?
⋮... 저거 학교에 알려서 당장 짤라야 돼!
⋮... 진짜 꽃뱀?
⋮... 솔까 처음부터 내숭 쩔었잖아!
⋮... 내가 듣기론 전학 오기 전 학교에서 소문 진짜 안 좋았다는.
⋮... 뭐뭐?
⋮... 사고 치고 왔다고. 어떤 사고인지 상상되고도 남음.
⋮... 혹시 비싼 옷하고 신발, 저 대머리 변태가 사준 거 아님?
⋮... 준다고 받냐? 거지냐?

└… 저거 받고 오랑우탄은 뭐 준 거야?

└… 더럽, 토 나와.

  꼭 내 자신이 악의 무리를 경찰이나 언론에 고발한 정의의 사도가
된 것 같았다. 그런데 댓글은 예기치 못한 방향으로 흘러갔다.

└… 쟤 학교 끝나고 공원 화장실 가서 옷 갈아입는다. 야한 걸로.

└… 가방에 책 대신 하이힐, 망사 스타킹? ㅋㅋ

└… 한 길 물속은 알아도 열 길 사람 속은 모른다는 속담! 공감 백배!

└… 그 반대 아냐? 열 길 물속, 한 길 사람 속. ㅂㅅ

└… ㅎㅎㄲㅈ

└… 오랑우탄 가지가지 한다.

└… 먹자골목에서 몇 번 본 것 같음.

└… 담배도 피운다던데?

└… 그러고 보니까 옆에 가면 이상한 냄새 나던데. 혹시 담배 냄새?

  근거 없는 소문은 꼬리에 꼬리를 물었고, 뒤로 갈수록 그 꼬리는
추하고 저질스러웠다. 새 글과 댓글이 등록되었다는 빨간색 표시가
안티카페에 빨간 불꽃을 피웠다. 그건 한편 아름다워 보였고, 다른
한편 불길한 징후처럼 보였다. 후, 입김만 불더라도 불이 확 번질 것
같았다. 바람이 세차게 부는 날 산불처럼.

모처럼 공부도 하고, 텔레비전도 보고, 유튜브도 보고, 웹툰도 보고, 여유롭게 하루를 보냈다. 그리고 엄마가 진짜 오랜만에 손수 만든 밥과 잡채 넣어 만든 불고기를 배터지기 직전까지 먹었다. 엄마는 입맛이 없다고 안방으로 들어갔다. 밥 먹으면서 틈틈이 오사랑 안티카페를 드나들었는데, 그때까지도 댓글의 향연이 펼쳐지고 있었다. 벌집을 쑤셔놓은 것처럼 난리 법석이었다. 내일이 몹시 기대되었다.

그날 밤, 모기가 또 내 방으로 무단 침입했다. 모기는 내 달달한 피에 취한 듯 느리게 저공비행을 했다. 그러고는 창문에 안착했다. 절호의 기회였다. 나는 신중 신속 정확하게 부채를 휘둘렀다. 창문에 피범벅이 된 모기의 사체가 척 달라붙어 있었다. 몇 날 며칠 묵은 체증이 싹 날아갔다. 불현듯 압사당한 모기가 안티카페에서 온갖 모욕과 수모를 당하는 오사랑 같다는 생각이 들었다. 오사랑은 안티카페에서 이미 압사당한 상태였다. 회원들의 적극적인 공세에 육체는 물론 영혼마저 나달나달해진 상태. 그래서 더 이상 옴짝달싹 못하는 식물인간 상태. 그건 생각만으로도 끔찍했지만 그만큼 두근댔다. 다만 그 두근거림의 실체가 워낙 흐릿하고 뭉개져서 뭐라 딱 꼬집어 말하기 어려웠다.

다음 날, 애들은 오사랑에게 노골적으로 적대감을 표시했다. 오사랑 주위를 맴돌면서 대놓고 눈총을 쏘고 가시 돋친 말을 툭툭 던졌다. 그걸로 성에 안 차는지 지나가다가 실수를 가장해 부딪치기도 하고, 책을 떨어뜨려 놓고는 밟고 가기도 했다. 내가 퍼뜨린 소문은 사실로 굳어진 듯했다.

"미안."

진심이 안 담긴 사과 한마디면 만사형통이었다. 그런 일이 몇 번 일어나자 부반장이 자리에서 벌떡 일어나 소리쳤다.

"야! 지금 장난해?"

"넌 또 뭔데 나서?"

여자애들 몇 명이 자리에서 일어났다.

"너 쟤한테 뭐 얻어먹었냐?"

"거지냐?"

"완전 하녀 주제에."

부반장은 흥분하지 않았다. 예전 같으면 얼굴이 시뻘게지도록 대항했을 텐데, 뭔가 수상쩍었다. 부반장은 자기 할 도리는 다 했다는 듯 그냥 자리에 앉아 귀에 이어폰을 꽂았다. 언젠가 동경이가 했던 말이 불쑥 떠올랐다.

'넌 둘이 베프라고 생각하니?'

소름이 등줄기를 타고 목덜미로 올라왔다. 오사랑을 힐끔 보니 공부 외에는 관심 없는 듯 행동했다. 나는 오사랑의 그 무신경이 신경 쓰였다.

문득 아무리 우리끼리 비웃고 떠들어도 오사랑이 그 사실을 모른다면 말짱 도루묵이라는 생각이 들었다. 나는 오사랑한테 슬쩍 안티카페의 존재를 알리기로 결심했다. 눈치가 조금 부족한 예리는 빼

90

고 동경이와 호흡을 맞추었다. 동경이는 오사랑한테 뺨을 맞은 이후로 복수할 날만을 목 빠지게 기다렸다. 내가 동경이한테 은근슬쩍 작전을 털어놓자 동경이는 약간 망설였다. 즉각 동의할 줄 알았던 나는 당황했다.

"좋아."

동경이가 한참 뜸을 들인 뒤 김빠진 콜라처럼 미지근하게 말했다. 그러고는 슬슬 오사랑 곁으로 접근했다.

"어제 새라 안티카페 가봤냐? 장난 아니더라. 아무리 뽀샵이지만 어떻게 얼굴에 난도질을. 꿈에 나타날까 무서워."

동경이는 오사랑이 귀에서 이어폰을 뺐을 때, 들으라는 듯이 새라 안티카페를 들먹였다. 아무 상관도 없는 부반장이 뒤를 획 돌아보았다. 내가 부반장을 향해 눈을 부라리자 부반장은 다시 고개를 돌렸다.

"그거 연예인 말고 애들 사이에서도 유행이잖아. 요즘 누가 대놓고 왕따 시키냐? 잘못하다가 돈 물고, 전학 갈 수도 있는데. 비밀 메신 저나 카페 같은 거 만들어서 씹는 게 진리. 그럼 티도 안 나고 완전 좋아."

"그건 그렇지?"

"우리 반에도 있을걸."

"인터넷에 이름 치면 나올까?"

역시 동경이와는 찰떡궁합이었다.

"오랑우탄?"

예리까지 가세했다.

"아, 야아!"

나는 팔꿈치로 예리의 옆구리를 살짝 찌르며 콧소리를 냈다. 여자애들이 내막을 눈치챘는지 계속 수군대고 키득거렸다. 그 와중에도 오사랑은 꿋꿋하게 문제집을 풀었다.

"더러워."

나는 지나가는 소리로 말했다.

그때였다. 천천히 이어폰을 다시 끼던 오사랑은 특유의 얼음 같은 표정으로 일어나 나한테 다가왔다. 한 걸음 내디딜 때마다 교실 바닥이 얼음으로 바뀌는 것 같았다.

"나 들으라고 하는 소리니?"

"뭐, 뭐가?"

약간 졸았는지 나도 모르게 말을 버벅거렸다.

"더러워, 그 말."

"글쎄, 찔리니?"

"아니, 난 누구처럼 더럽지 않거든. 원래 똥 묻은 개가 겨 묻은 개 나무란다잖아."

"뭐래? 그 누구, 그 똥 묻은 개가 나라는 거야?"

"단정적으로 말하진 않았는데. 왜, 찔리니?

멍청하게 낚인 것 같았다. 나는 침을 꼴딱 삼켰다.

"미친⋯⋯."

92

미친 뭐? 귀를 의심하며 눈썹을 치켜들었다. 오사랑은 코웃음을 날리며 지나가는 듯하더니 갑자기 뒤돌았다.

짝!

순간 멍했다. 귀가 윙 울렸다. 정신 차려보자. 방금 무슨 일이 있었던 거지? 설마 나 지금 맞은 거? 뺨이 화끈화끈했다.

"야!"

나는 오사랑 머리를 쥐어뜯으려고 덤벼들었다. 오사랑은 순발력 있게 몸을 피하더니 나를 툭 밀었다. 나는 무게 중심을 못 잡고 넘어졌다. 어디선가 피식 웃음을 터뜨리는 소리가 들렸다. 휙 째려보았지만 모두 시침을 뚝 뗀 채 나를 주시했다. 나는 씩씩대며 다시 오사랑을 노려봤다.

"왜? 학폭 신고하려고? 해봐 어디. 어떻게 될지 되게 궁금하네."

오사랑은 그 말만 남기고 유유히 복도로 걸어나갔다. 저 자신만만한 태도는 뭐지? 혹시 안티카페의 정체를 아나? 그래서 내가 학폭으로 신고하면 자기도 다 까발리겠다는 건가?

나는 내 머리칼을 쥐어뜯으며 "악!" 소리를 질렀다. 창피하고 억울하고 분했다. 동경이와 예리가 조심스레 다가와 내 어깨에 손을 얹었지만 나는 다시 "악!" 소리를 질렀다. 어떤 걸로도 위로가 되지 않았다. 나는 그 시간 이후 입을 꽉 다물었다. 집에 가는 길, 밀밭 베이커리 근처에서 말문을 뗐다.

"나 고소할 거야. 너희 둘 증인이다."

나는 비장한 각오로 말했다.

"진정해."

동경이가 침착하게 말했다.

"아주 상습범이야. 저번에 너도 뺨 맞았잖아. 안 분해? 도저히 못 참아. 폭행죄로 소년원에 집어 처넣고 말 거야."

"저번에 너도 나더러 참으라며."

"그땐 그때고 지금은 달라."

"뭐가 달라? 너는 아프고 나는 안 아파? 너는 쪽팔리고 나는 쪽 안 팔려? 너는 열 받고 나는 열 안 받냐고?"

동경이가 정색하고 따지고 들었다. 구구절절 옳은 말이었고, 그래서 유구무언이었다. 아주 잠깐이었지만 동경이가 낯설었다. 예리는 불안한 표정으로 눈치만 살피고 있었다.

"경찰에 신고한다고 쳐. 너 안티카페는 어쩔 셈이야? 애들 중에 가입했다가 탈퇴한 애도 있어. 꼭 걔들 아니더라도 안티카페에서 오사랑이 폭력당했다는 걸 누가 말하지 않을 거란 보장 있어?"

"폭력은 무슨?"

"사이버 폭력도 엄연히 폭력이야. 너 게시판에 올린 글이며 사진, 동영상……. 다 사실이라고는 말 못할걸. 니가 꾸민 것도 있잖아. 아니, 꾸민 게 대부분이잖아. 오사랑이 만약 그거 터뜨리면 오히려 당하는 쪽은 너야. 카페 글이랑 사진 캡처해 둔 애들도 있을지 몰라."

동경이의 논리에 나는 이렇다 할 반박을 하지 못했다.

94

"근데 우리가 아니고 나? 나 혼자?"

"아, 실수. 우리."

"알았어."

나는 한발 물러나는 것처럼 말했지만 그건 말뿐, 온몸에 분노의 신이 강림한 듯한 느낌이었다. 손바닥으로 뺨을 만져보았다. 애들은 나를 어떻게 생각할까?

'헐, 센 척하더니.'

'오사랑한테 깐죽대더니 완전 사이다.'

'뺨 맞고 아무 소리도 못하고 멍청하게 서 있는 꼴 봤니?'

나만 쏙 빼고 애들끼리 따로 단톡방을 만들어서 이렇게 쑥덕거릴 것만 같았다.

나는 그날 안티카페에 들어가지 않았다. 오늘 있었던 불미스러운 일을 쓰는 것 자체가 자존심 상했다. 사생결단. 오사랑을 모기처럼 꼼짝달싹 못하게 압사시켜야 했다. 식물인간 상태가 아니라 아예 숨통을 끊어놓아야 했다. 그렇게 마음먹은 내 자신에게 순간 소름이 돋았지만 좀 더 깊게 생각할 겨를은 없었다.

초등학교 6학년 때의 악몽 같은 일들. 그리고 지금까지 이어진 끈질긴 악연. 어쩜 하는 짓마다 눈 뜨고는 못 봐줄 정도로 가관인지. 오사랑이 우리 조 애들끼리 레몬소주 한 잔씩 나눠 마신 걸 고자질해 수학여행의 추억을 망친 건 시작에 불과했다. 선생님이 공부 말고 다른 걸 하면 혼자 진도 나가자고 박박 우겼고, 자기 공부에 방해되는 것이면 물불 안 가렸다. 분위기 파악 못하고 내 신경을 건드리는 일이 비일비재했고, 반 전체 애들한테 민폐를 끼치는 일도 부지기수였다. 최근 것만 따져도 체육 대회 때 계주로 오사랑이 영웅이 된 사건, 엑스보이스 혁찬 오빠와의 포옹 사건, 복도 밀걸레 사건, 그리고 오늘 뺨을 맞은 사상 초유의 사건, 오사랑이 나한테 지껄인 거지와 미친년 발언까지⋯⋯. 증오의 감정은 눈덩이처럼 불어났다. 아무리 생각해도 안티카페는 선견지명이 있는 적절한 처방전이었다. 처음에는 재미 삼아 시작했지만 이제 재미는 둘째 문제였다. 오사랑과는 한 공간에서 숨을 쉰다는 것 자체만으로도 기분 나빴다. 가능하다면 오사랑이 견디다 못해 전학 가길 바랐다.

자다 깨다를 반복하다가 새벽 3시쯤에 일어났다. 휴대폰으로 오사랑 안티카페에 접속했다. 새 글이 하나 등록되어 있었다.

진가인, 홧팅!
진가인, 어떡해, 어떡해, 어떡해!!!
오늘 황당했지?
다른 데도 아니고 뺨을.
짝, 소리 진짜 컸어.
너도 완전 얼어붙었잖아.
참지 말고 복수해.
폭행죄로 신고해 버려.

정의가 살아 있다는 걸 알려야지.

우리 반의 꿈과 희망, 우리 반의 비타민!

진가인, 너라면 할 수 있을 거야.

어둠 속에서 얼굴이 홧홧 달아오르는 걸 느꼈다. 별명이 '우_사랑'
이었다. '우'는 야유의 뜻인 것 같았다. 언뜻 보기엔 나를 위하는 척하
지만 은근히 비아냥대고 까는 듯한 느낌. 오사랑과의 전쟁을 부추기
는 듯한 느낌. 강 건너 불구경하는 재미에 푹 빠져 있는 듯한 느낌.
조회 수는 벌써 5를 넘었는데, 댓글은 없었다. 응원과 격려를 가장한
도발이고 공격이었다. 나는 고민할 것도 없이 그 게시물을 삭제했다.
게시물을 올린 애는 강퇴 처리하고 싶은 마음이 굴뚝같았지만 괜한
오해를 살까 봐 그만두었다. 다시 한 번 이상한 글을 올리면 강퇴 처
리 한다고 경고하려다가 그것도 그만두었다. 대신 '우_사랑'에게 쪽지
를 보냈다.

방금 올린 글, 가인이가 보면 더 상처 받을 것 같아 급삭함.

화는 잠을 쫓고 난 뒤에도 쉽게 사그라지지 않았다. 휴대폰으로 연
예 뉴스를 읽다가 동영상을 보다가, 창을 보니 날이 희붐하게 밝아
오고 있었다.

입맛이 없어 아침을 먹는 둥 마는 둥 집을 나섰다. 학교 가는 길에

휴대폰으로 안티카페에 접속했다. 회원 수가 여덟 명이었다. '우_사랑' 은 탈퇴 상태였다. 처음부터 가입하지를 말지, 속만 긁어놓고 탈퇴하면 다야? 누군지 알면 정말 얼굴에 물이라도 끼얹고 싶은 심정이었다.

오사랑은 애들의 눈총이나 집적거림에 일일이 대응하지 않았다. 그게 나를 더 열 받게 했다. 애들은 오사랑이 없을 땐 책상에 벽돌처럼 쌓아놓은 책을 떨어뜨리거나, 책상이나 의자에 분필로 낙서를 하기도 했다. 내가 바라던 바였다. 그런데 신기하게도 오사랑이 돌아왔을 때는 책은 원위치 상태였고, 낙서는 흔적도 없이 사라져 있었다. 나는 그게 부반장 짓이 아닌 반장 짓이라는 걸 안다. 은근히 부아가 치밀었다.

수업이 끝나고 교문을 벗어났다. 손이 시릴 정도로 날이 쌀쌀했다. 예리가 황금 잉어빵을 사주었다. 천 원에 세 개. 우리는 모두 슈크림이 든 황금 잉어빵을 골랐다. 황금 잉어빵 하나로도 몸이 따뜻해지는 기분이었다.

"우리 집에서 놀다 갈래?"

나는 텔레비전하고만 지낼 생각을 하니 가슴에 찬바람이 부는 것 같아 갑작스레 물었다.

"나 학원."

"나는 과외."

동경이와 예리가 입술을 내밀며 말했다.

"어휴, 간도 콩알만 해가지고는. 땡땡이 한번 친다고 어떻게 되니?

98

너흰 집에서 공주 대접 받잖아."

나는 포기하지 않고 동경이와 예리를 구슬렸다.

"요샌 안 그래. 어디서 누구한테 무슨 말을 듣고 왔는지, 3학년 되기 전에 고등학교 과정 들어가야 한다고 난리도 아냐. 용돈 뚝 끊는다고 협박까지 하는 거 있지? 나 완전 망했어."

"너도? 나도 그런데. 오사랑 올백 얘기 또 꺼내면서. 지겹지도 않나."

"엄마들끼리 짠 거 아냐?"

"가인이 넌?"

동경이와 예리는 말을 주고받으면서 우거지상을 지었다.

"쯧쯧, 둘 다 초딩이냐? 이 몸은 엄마랑 한바탕하고 깔끔하게 학원 끊으셨다."

동경이와 예리가 엄지척을 하며 남은 황금 잉어빵을 한입에 쏙 집어넣었다. 엄지척은 아무 감동도 없었다.

결국 나 혼자 쓸쓸히 집으로 발걸음을 옮겼다. 오늘부터 공식적으로 학원 안 가도 되는 날. 축배를 들어도 모자랄 판에 마음은 오히려 불편했다. 고개를 들어 주위를 살펴보았다. 때마침 익숙한 인상착의의 여자애가 눈에 띄었다. 야구 모자, 카키색 점퍼, 레깅스, 컨버스화. 매일 수업 마치자마자 숨 가쁘게 학원 차 탔던 애가 웬일이지? 안 그래도 심심했는데 잘 됐다. 나는 휴대폰을 손에 쥐고 오사랑을 미행하기 시작했다.

한참을 걸어 오사랑이 들어간 곳은 컨테이너 박스로 만든 유기동물보호센터였다. 사각의 링 위에서 이제 막 몸을 풀고 본격적으로 시동을 걸었다 싶었는데 상대방이 흰 수건을 던졌을 때처럼 김이 샜다. 나는 인내심을 십분 발휘해서 오사랑을 기다렸고, 얼마 뒤 오사랑이 나오자마자 뒤를 밟았다. 오사랑은 주변을 두리번거리며 계속 걸어갔다. 그러고는 십여 분쯤 더 간 뒤 문제의 대머리 아저씨랑 접선했다. 정말 원조 교제가 맞다면 경찰에 신고를 해야 했다. 그건 정의 사회 구현을 위한 민주 시민의 바람직한 도리였다. 저런 어른들 때문에 다른 어른들이 도매금으로 욕을 얻어먹는 거다. 나는 무음 카메라 앱을 실행했다.

대머리 아저씨는 여전히 느끼한 웃음을 날리며 팔로 오사랑의 어깨를 감쌌다. 이번에도 오사랑은 주변 눈치를 살피며 대머리 아저씨의 팔을 슬쩍 뗐다. 대머리 아저씨는 무안한지 머리숱도 별로 없는 뒷머리를 긁적대고는 오사랑과 조금 떨어져서 걸었다. 나는 조심조심 둘의 모습을 계속 찍었다.

오사랑과 대머리 아저씨는 인근에 있는 건물로 들어갔다. 정형외과, 신경외과, 내과, 치과, 안과, 산부인과, 소아청소년과 등등 병원 전문 건물이었다. 나는 바로 옆 작은 카페에서 바닐라라테를 마셨다. 휴대폰으로 엑스보이스 뮤직비디오를 감상했다.

이십여 분이 흘렀을까. 오사랑과 대머리 아저씨가 다시 밖으로 나왔다. 바닐라라테에 심장 강화제라도 들었는지 나는 카페에서 나와 대뜸 둘 앞으로 다가갔다.

"아저씨, 누구세요?"

"넌 누구니?"

차분하게 대응하는 아저씨와는 달리 오사랑은 사색이 된 얼굴이었다. 나는 나를 어떻게 소개해야 할지 난감했다.

"그냥 같은 반 아는 앤데요."

"그렇구나. 우리 사랑이하고……."

"야, 꺼져!"

오사랑이 대머리 아저씨의 말허리를 자르고 공격적으로 나왔다.

"친구한테 무슨 말이 그래? 지금 저녁 먹으러 갈 건데, 괜찮으면 같이 갈래?"

대머리 아저씨는 나한테까지 느끼한 웃음을 날리며 호의를 베풀었다. 생각보다 태도가 신사적이었고 목소리는 중후했다. 나는 증거가 담긴 휴대폰을 흔들며 말했다.

"아저씨, 각오해야 할 거예요. 원……."

'원조 교제'라는 말이 나오기도 전에 오사랑은 내 휴대폰을 빼앗았다. 휴대폰은 잠금 상태가 아니었다. 오사랑은 신속하게 사진 두어 컷을 지웠다. 나는 휴대폰을 돌려받으려고 몸싸움을 벌였다. 휴대폰이 바닥에 떨어졌다.

"넌 정말 구제 불능이야!"

오사랑은 이를 악문 채 그 말 한마디 던지고 자리를 떠났다.

"다음에 또 보자."

대머리 아저씨는 급히 명함 한 장을 건네고는 오사랑을 뒤쫓아 갔다. 나는 명함을 휙 던져버리고 허리를 굽혀 휴대폰을 주웠다. 명함은 휴대폰 근처에 떨어졌고 나는 보고야 말았다. JYC 엔터테인먼트 상무 허세준. JYC라면 엑스보이스 오빠들 소속사인데? 불현듯 체육 대회 때 오사랑이 엑스보이스 오빠들의 음반을 부반장에게 넘기던 일이 떠올랐다. 그때 정황이 비로소 이해가 되면서도 몹시 혼란스럽긴 마찬가지였다. 휴대폰은 다행히 정상적으로 작동되었다. 그런데 휴대폰 모서리와 액정 필름에 흠집. 아, 짜증.

서둘러 집으로 돌아갔다. 현관문을 열자 어둠이 나를 포위했다. 전등을 켰다. 그래도 집 안 공기는 썰렁하기만 했다. 이런 날 현관문을 열자마자 시츄가 쪼르르 달려와 내 품에 안기면 얼마나 좋을까. 어쩐 일로 층간 소음조차 없자 세상에 나 혼자 존재하는 것 같은 착각이 일었다. 순간 무섬증에 몸을 떨었다. 정체를 알 수 없는 거무스름한 기운이 내 머릿속을 장악했다.

나는 저녁 먹는 것도 잊고 오늘 찍은 사진을 노트북으로 옮겼다. 그러고는 오늘 찍은 사진들을 합성했다. 오사랑과 대머리 아저씨가 산부인과에 들어가는 것처럼 보이게 사진을 조작했다. 누가 봐도 조작한 티가 역력했지만 그딴 건 중요하지 않았다. 오사랑 안티카페에 접속했다. 그러고는 바로 로그아웃을 했다. 머리를 마구 흔들었다. 오사랑의 섬뜩했던 표정이 떠올랐다. 모멸감이 되살아났다. 조금씩 빠져나가던 어둠의 기운은 다시 머릿속과 가슴속으로 스며들기 시작했다. 구제 불능이라니! 어디서 그따위 말을, 쳇! 다시 안티카페에 로그인했다.

마른하늘에 날벼락!!! 오사랑, 임신! 오 마이 갓!

거기까지 쓰고 글 등록을 취소한 다음 얼른 노트북을 닫았다. 아무리 생각해도 이건 너무 잔인하고 추악했다. 진가인, 정말 어디까지 갈 거니? 심장이 벌렁벌렁 널뛰기를 했다. 나는 오늘 편집한 사진을 내 휴대폰에 저장해 두었다.

방은 적당히 포근했다. 엄마가 미리 보일러를 돌려놓은 것 같았다. 문득 오늘 먹었던 황금 잉어빵 생각이 났다. 황금 잉어빵은 겉만 봐도 속에 단팥이 들었는지 슈크림이 들었는지 알아볼 수 있다. 동경이와 예리와 나는 서로에게 그런 존재였다. 그런데 오사랑은 어떤 모습이 진짜인지 예측하기 힘들 정도로 변화무쌍했다. 공부벌레에, 이기주의 종결자에, 제 잘난 맛에 사는 재수탱이로만 알고 있었는데. 그건 오사랑이라는 빙산의 일각이라는 생각이 들었다. 오사랑이 나를 두고 흘렸던 말들이 머릿속을 헤집고 다녔다. 방은 훈훈한데 몸은 으슬으슬 추웠다.

12월 1일
약속 장소로 가는데 갑자기 엄마한테 문자가 왔다.

급한 일이 생겼다고. 둘이 맛있는 거 먹고 즐거운 시간 보내라고.

너무 뻔했다. 그게 통할 거라고 생각하나.

엄마의 순진무구하고 안일한 상황 판단력에

콧방귀가 절로 나왔다.

사랑아, 아저씨가 엄마 행복하게 해줄게.

어쩌면 진심 같은 아저씨의 말 한마디에

온몸에 돋아났던 가시가 서서히 사라졌다.

문득 내가 뭐라고 엄마의 행복을 방해하나, 하는 생각이 들었다.

엄마가 좋다는데 내가 무슨 자격으로.

어떤 핑계를 대고 빠져나가나 궁리하던 중,

하필이면 그 시간 그 장소에서 또 우연히 J를 만날 건 뭐람.

게다가 아는 척에 사진까지.

심장이 벌렁대서 잠 한숨 못 잤다.

속이 울렁거려 먹은 걸 다 토하고 말았다.

부반장한테서 문자가 왔다.

뭔가를 캡처한 사진 몇 장이었다.

오사랑 안티카페.

모욕의 수위가 높았다.

여럿이서 나를 갈기갈기 찢어발기고 그걸로도 모자라 오물을

끼얹고 침을 뱉었다.

부반장의 의도가 선의인지 악의인지 선뜻 판단이 서지 않았다.

속을 알 수가 없는 게 처음부터 거슬렸다.

요즘 성가신 티를 더 팍팍 냈다.

그랬더니 한동안 내 비위를 맞추다가 그만두었다.

서로 데면데면해졌지만 내가 바라던 바여서 그러거나 말거나.

여튼 곰곰 생각할 것도 없이 이딴 장난을 칠 수 있는 애는

J밖에 없다.

너 이 정도로 바닥이었니?

댓글을 읽다가 구역질이 났다.

버티고 버티다가 결국 또 토하고 말았다.

연속 두 번이다.

악어의 눈물

　학기 초, 선생님은 하트 모양으로 오린 색종이를 나눠주고 거기에 자기소개를 써내라고 했다. 이름, 얼굴 사진, 장래 희망은 필수였다. 선생님은 그걸 일일이 코팅했고, 방과 후에 환경미화반 아이들과 함께 게시판을 꾸몄다. 당연히 나도 꼈다. 커다란 나무에 하트 열매가 주렁주렁 달려 탐스럽고 예뻤다.

　다음 날, 반 애들은 게시판 쪽에 모여 하나씩 품평회를 했다. 비아냥거림과 코웃음이 대부분이었다. 장래 희망처럼만 된다면 우리 반 애들 모두 사회 고위층을 장악할 것 같았다. 유독 눈에 띄었던 건 오사랑이었다. '오사랑'으로 지은, 무지 오글거려 기억하기도 역겨운 삼행시. 그리고 주제에 언감생심 장래 희망이 변호사? 변호사, 아무나 되나? 애들은, 네가 변호사 되면 내 손에 장을 지진다, 변호사가 누구 집 똥개 이름인가, 그럼 나는 대통령 되겠다 등 부정적인 반응을 보였다. 그도 그럴 것이 오사랑은 새 학년이 시작되고 이십여 일이 지난 뒤에 전학 왔고, 전학 온 애가 그렇게 튀는 건 참으로 꼴불견이기 때문이었다. 다른 건 접어두고라도 첫 번째 치른 중간고사 성적이 나보다 낮게 나왔다는 명명백백한 사실은 콧방귀도 아까울 정도였다. 그날 이후, 오사랑의 얼굴과 오사랑의 고가 브랜드 옷과 학용품도 다 트집거리였다. 그리고 오사랑 열매에 쓰인 이름 세 글자에 각각 압정이 꽂혔다.

오사랑이 기말고사에서 올백을 받자 애들은 망치로 뒤통수를 얻어맞은 듯 어리둥절한 표정이었다. 나 역시 그랬다. 내가 아는 오사랑은 독종이었지만 성적에 두각을 드러내는 애는 아니었다. 사교육의 힘인가, 아님 시험 문제가 유출되었나, 별의별 생각이 다 들었다. 애들 반응은 180도로 바뀌었다. 오사랑이 맘만 먹으면 변호사가 아니라 검찰총장이나 법무부 장관도 될 수 있을 것 같다고 말했다. 우리 반 일등이었던 부반장 박미라는 청천벽력 같은 현실에 실어증에 걸린 듯했다. 며칠 뒤 오사랑 짝이 됐고 그때부터 둘은 세트처럼 붙어 다녔다. 그로부터 얼마 지나지 않아 오사랑은 말수가 급격히 줄었고, 얼굴에 점점 그림자가 짙어졌고, 성격은 엄청 까칠해졌다. 내가 알기론 그게 본색이었다. 위기의식을 느끼고 있던 내 입장에선 대환영이었다. 점점 줄어들던 내 입지는 원상회복되었다.

나는 오사랑이 왜 목숨 걸고 공부하는지 납득하기 어려웠다. 미래는 언제 어떻게 바뀔지 모르는데, 벌써부터 공부벌레로 살 필요가 있을까? 담임 선생님은 이런저런 경험을 다양하게 해야 세상을 보는 안목이 넓어지고, 타인의 삶을 좀 더 이해할 수 있다고 했다. 어차피 변호사도 인간의 삶을 다루는 직업이다. 근데 저렇게 공부만 하다가 변호사가 되면, 가난하고 힘없고 억울한 사람들을 제대로 변호할 수 있을까? 혹시 피도 눈물도 없는 냉혈한이 되지 않을까? 무엇보다 큰 함정은 미래에 없어질지도 모르는 직업이라는 거.

시험이 끝나서 시간이 남아돌았다. 나는 오사랑 안티카페의 성공을 축하한다는 명분으로 한턱 쏘기로 했다. 그럼 그 시간 동안 혼자 있지 않아도 되고, 오사랑 안티카페를 거의 독점 운영한다는 무한 책임에서 얼마간 벗어날 수 있었다.

평소보다 한 시간 빨리 마쳐서 동경이와 예리가 학원 차를 타기까지 여유가 있었다. 분식집에 가서 매운 떡볶이와 튀김 만두를 실컷 먹고, 코인 노래방에 들어가 일인 당 두 곡씩 뽑았다. 맨 마지막에는 엑스보이스의 '오로지 나만'을 합창했는데, 갑자기 기분이 울적해졌다. 어울마당 때 비련의 여주인공이 된 내 모습이 생각나서.

터덜터덜 집으로 돌아왔다. 나는 휴대폰으로 유튜브 동영상을 보며 아무 생각 없이 웃었다. 입이 심심해서 생라면을 부숴 먹었다. 엄마 오기 전에 대충 정리할 생각이었다. 엄마가 잔소리 안 할 정도로만. 요즘은 엄마랑 말 섞는 것도 귀찮고 짜증 나니까. 때마침 아빠한테서 문자가 왔다.

딸 뭐 해? 밥 먹었어? 오후 8:13

난 오랜만에 아빠한테 답문을 보냈다.

아빠 이러다 내 얼굴 까먹겠다.

오후 8:15 난 아빠 얼굴 벌써 까먹었음.

딸내미, 아빠 보고 싶구나.

영상통화 할까? 오후 8:16

오후 8:16 노땡큐.

미안ㅜㅜ 오후 8:17

오후 8:19 뭐가?

그냥 다. 오후 8:21

오후 8:25 시츄는?

엄마가 암말 안 해? 오후 8:29

오후 8:40 됐어. 나 잘래.

나는 휴대폰을 던지고 화장실에 가서 소변을 보고 나왔다. 그때 엄마가 들이닥쳤다. 마라톤 완주라도 한 모습이었다. 나는 소파에 앉아 텔레비전 보는 시늉을 하며 엄마 눈치만 살폈다.

엄마는 집을 대충 치우기 시작했다. 탕탕, 쿵쿵, 달그락달그락하는 소리가 무언의 시위 같았다. 엄마는 틈틈이 쿨럭쿨럭 기침을 했다.

그러고는 식탁에 앉아 누구랑 통화를 했다. 들으나마나 신세타령이었다. 불편해서 앉아 있을 수가 없었다. 나는 텔레비전을 끄고 내 방으로 들어가 침대에 누웠다. 엄마가 노크를 하자마자 문을 열고 들어와 잔소리를 퍼부어댔다.

"동경이하고 예리는 성적 쭉쭉 올랐다는데 너 혼자 뒤처지고 꼴좋다. 나중에 후회하기만 해봐."

다 끝난 얘기를 왜 또 꺼내는지 몰랐다.

"엄마 설마 학교에서 학생들한테도 그렇게 가르쳐? 성적이 최고야, 경쟁에서 반드시 이겨야 해, 남을 짓밟고 일어서야 해, 뭐 이렇게? 엄마가 얼마나 모순 덩어리인지 모르지? 그리고 내 인생이야! 후회해도 내가 해."

나는 엄마를 등지고 모로 누웠다.

"당장 못 일어나!"

엄마가 악을 썼다. 목소리가 많이 쉬어 있었다. 나는 벌떡 일어나 엄마 앞에 똑바로 섰다. 이제 엄마하고 키가 비슷해 전혀 꿀리지 않았다. 엄마는 관자놀이를 꾹꾹 누른 다음 입을 뗐다.

"너 요즘 왜 자꾸 삐딱선을 타니? 사춘기야?"

사춘기? 그런 건 초등학생 때 졸업했다. 나는 잠자코 있었다. 어차피 자기 할 말 다 해야 이 답답한 대화의 창이 닫힐 테니까. 아니나 다를까 엄마는 주저리주저리 잔소리를 늘어놓았다. 술주정뱅이처럼 했던 말 또 하고 했던 말 또 하고.

"왜 대답이 없어? 엄마 말이 말 같지 않아?"

"눈이 있으면 다른 애들 좀 봐. 나처럼 구질구질하게 사는 애들 있는지. 공주 대접은 바라지도 않아. 그냥 평범하게 살고 싶다고. 말이 나왔으니 얘긴데, 동경이랑 예리랑 같이 다니다 보면 어떤 생각까지 드는 줄 알아? 거지 같아. 아빠는 언제 돌아올지도 모르고, 엄마는 자기 하고 싶은 거 한다고 딸은 나 몰라라. 그런데 어떻게 어린 딸한테 집안일 시킬 생각까지 해? 이거 엄마 직무 유기 아냐?"

나는 또 봇물이 터진 듯 할 말 못할 말 다 해버렸다.

"자기 불리할 때만 어린 딸이다. 엄마가 무슨 죄 졌니? 이 정도 키웠으면 엄마 사정도 봐주고 그래야지. 그리고 그게 그렇게 힘들고 대단한 일이야? 음식 상하니까 먹고 냉장고에 넣어두라는 건데. 누가 빨래하랬어? 아무 데나 휙휙 던져두지 말고 빨래 바구니나 세탁기에 넣어두라는 거잖아. 나도 말이 나왔으니 얘긴데 겨울옷은 이삼 일 더 입어도 돼. 어떻게 하루만 입으면 바로 세탁이야? 결벽증 있는 것도 아니고. 그리고 중학생씩이나 됐으면 자기 방 청소 정도는 자기가 해야 되는 거 아냐? 네 친구들은 다 엄마들이 해주니? 그런 엄마들은 전업주부겠지. 아님 과잉보호거나."

듣고 보니 엄마 말이 틀린 게 없어 더 열이 뻗쳐올랐다.

"자기 방도 못 치우는 주제에 뭐, 시츄? 반려견 키우는 게 얼마나 잔손이 많이 가는 건지 알아? 그것도 엄마 일 될 게 불 보듯 뻔해."

"됐어! 다 필요 없어!"

엄마가 치사하게 나오는 바람에 나는 마음에도 없는 소리를 내뱉었다. 이렇게 시츄는 물 건너가는 건가. 나는 괜히 억울해서 한 소리 더 하고 말았다.

"돈이 아까우면 아깝다고 해!"

엄마는 미간에 십일 자 주름을 잡더니 천천히 말문을 열었다. 흥분이 가라앉은 말투였다.

"엄마 요즘 학교에서 보충 수업까지 해서 몸이 천근만근이야. 게다가 임용 고사도 얼마 안 남았어."

"그게 나를 위한 거야? 엄마를 위한 거잖아. 누가 그깟 공부 힘들게 하랬어?"

"그깟 공부? 그따위로밖에 말 못 해?"

엄마가 다시 흥분하기 시작했다.

"아, 나더러 도대체 어쩌라고. 나도 참고 참고 또 참고 있다고!"

엄마 입가에 경련이 일었고 이마에 정맥이 불거져 나왔다. 눈은 이글이글 불타올랐다. 나는 계속 막 나갔다. 발로 바닥을 탁탁 차면서 목청껏 소리를 질렀다.

"엄마가 학교에서나 선생이지 나한테도 선생이야. 제발 한 가지만 해. 잔소리 딱 지겨워! 진짜 선생도 아니고 언제 잘릴지 모르는 기간제인 주제에."

그때, 엄마가 내 어깨를 탁 쳤다. 한 번이 아니라, 여러 번. 그것도 아주 세게, 있는 힘껏. 엄마한테 맞은 건 난생처음 있는 일이었다. 이제는 하다 하다 폭력까지 행사하는 엄마한테 오만 정이 다 떨어지는 기분이었다. 엄마는 그 자리에 주저앉아 대성통곡을 했다. 맞은 사람은 난데 왜 자기가 우는지 몰랐다. 나는 어이가 없고 짜증도 나고 엄마가 꼴도 보기 싫어 밖으로 나갔다. 가출 청소년의 마음을 충분히 이해할 것 같았다.

초겨울 밤공기는 찼고 사람들의 발길이 드문 아파트 단지는 을씨년스럽기까지 했다. 나는 몸을 움츠리고 두 손으로 뺨을 감쌌다. 엄마랑 싸우면서 했던 말이 떠올랐다.

'진짜 선생도 아니고 언제 잘릴지 모르는 기간제인 주제에.'

백번 생각해도 이건 좀 심했다. 엄마 성격에 엄청 자존심 상했을 거다. 내 자존심을 지키면서 사과하고 싶은데 좋은 방법은 생각 안 나고 한숨만 나왔다. 아, 엄마랑 나랑은 어쩌다가 이 지경에 이르렀을까? 한때 엄마랑은 아빠가 소외감을 느낄 정도로 죽이 꽤 잘 맞았다. 근데 엄마 아빠가 대판 싸우고 난 뒤, 엄마는 변했다. 혹시 갱년기? 나는 급히 휴대폰으로 갱년기 증상을 검색해 보았다. 감정 변화, 성욕 감퇴, 불면증, 소외감, 두통, 우울증, 기억 장애, 불안, 피로감…….
두 단어가 유독 눈에 도드라졌다. 감정 변화, 우울. 엄마는 요즘 나름 교양 있고 품위 있게 말하는 척하다가 갑자기 버럭 화를 낸다. 무척 신경질적이고 부쩍 예민해졌다. 게다가 꼰대처럼 이래라저래라 간섭까지 작렬이다. 아까 목격한 엄마의 모습은 문화인보다는 차라리 미개인에 가까웠다. 엄마를 변하게 한 건 뭘까. 난 정답을 대충 알면서도 애써 부정하고 싶었다. 그럼 난 어떡해야 하나? 그냥 내버려두면, 시간이 지나면 괜찮아질까?

정신을 차리고 보니 놀이터 근처였다. 불량기가 좔좔 흐르는 남고 생들이 시소에 앉아 욕설을 내뱉고 낄낄대며 놀고 있었다. 나는 무서워서 부리나케 달아났다. 이럴 때 엄마랑 팔짱 끼고 걸으면 세상 겁날 게 없을 텐데. 나는 불도 환하고 사람들도 많이 다니는 아파트 상가 쪽에서 갈팡질팡하다가 삼십 분도 못 넘기고 집으로 들어갔다.

문을 최대한 살짝 닫았고, 살금살금 걸어 내 방으로 들어갔다. 다행히 엄마는 내다보지 않았다. 불도 켜지 않고 책상 의자에 앉아 오사랑 안티카페에 들어갔다. 새 글이나 댓글이 없었다. 가슴속에서 활활 타던 불길이 정수리 쪽으로 솟구쳤다. 이게 다 오사랑 탓인 것 같았다. 나는 망설이지 않고 아껴뒀던 오사랑 산부인과 사진을 첨부해서 게시판에 올렸다. 와글와글 들끓어 오르는 댓글들로 위로 받고 싶은 마음 반 두려운 마음 반이었다. 고민 끝에 글을 삭제하려고 하는데 벌써 조회한 사람이 한 명 있었다. 심장이 덜컹 내려앉았다. 서둘러 글을 삭제했다. 누굴까? 덫에 걸릴지도 모른다는 불안감이 엄습했다. 현재 접속 상태에 있는 회원의 별명은 '주여오주여' 한 명. 나는 주여오주여의 회원 정보를 클릭했다. 다 비공개였고 최근에 가입이 되어 있었다. 언제 승인한지도 몰랐다. 오사랑일까? 오사랑이 기독교 신자? 말도 안 된다. 그럼 나는 예수다. 순간 처음 카페를 만들 때, 비공개로 하면 아예 검색도 안 되고 애들이 회원 가입을 안 할까 봐 공개로 해두었던 게 기억났다. 얼른 비공개 카페로 설정을 바꾸었다. 가슴이 쿵쾅거려 좀처럼 진정이 안 됐다.

어느 사이 나는 생쥐 크기로 축소된 채 세탁기 속에 들어가 있었다. 엄마가 음산한 콧노래를 부르면서 세탁기 뚜껑을 열었다. 그러고는 너덜너덜한 내 옷과 가방을 넣고 전원 버튼을 눌렀다.

"엄마, 나 세탁기 안에 갇혔어! 움직일 수가 없어. 꺼내줘, 제발!"

비명을 질러도 엄마는 동작을 멈추지 않았다. 물이 쏟아져 내 몸을 적셨다. 어푸어푸, 숨을 가쁘게 쉬었다. 물은 내 머리까지 삼키고서야 멈췄다. 아가미가 생겼는지 나는 물속에서도 숨을 쉴 수 있었다. 세탁기가 돌아가기 시작했다. 나는 빙글빙글 돌았다. 옷이 내 얼굴을 가리고 목을 졸랐다. 숨통이 막혔다. 물이 빠져나가고 다시 물이 채워지기를 반복했다. 어느새 내 몸은 발가벗겨져 있었다. 나는 기진맥진한 상태로 세탁되었다.

아침에 잠에서 깨어났을 때는 머리가 띵했다. 황당한 꿈 때문에 피곤이 몰려왔다. 식탁 위에 포스트잇이 붙어 있었다.

요즘 많이 피곤해서 예민해졌나 봐.
엄마가 미안.

어제 일이 떠올라 얼굴이 절로 찌푸려졌다.

미 투.

나는 엄마가 붙인 포스트잇에 영혼 없는 댓글을 달고 집을 나섰다.
바깥은 초미세먼지로 짙은 안개가 낀 것처럼 뿌옜다. 머릿속은 주
여오주여 생각뿐이었다. 카페 회원 수는 전에 마지막으로 확인했을
때보다 한 명 더 줄어 있었다. 주여오주여도 없었다. 그럼 또 누군가
한 명이 나갔었나? 숫자 하나 늘고 주는 게 이렇게까지 신경 쓰일 줄
몰랐다.

밀밭 베이커리 쪽으로 걸어갔다. 동경이 혼자 마스크를 낀 채 휴대
폰을 보고 있었다. 가게에서 풍겨 나오는 빵 냄새가 코를 찔렀다. 배
가 꼬르륵거렸다.

"예리는?"

"아픈가 봐. 오늘 병원 들렀다 온대. 집안 전체가 비상이야. 알잖아,
그 집."

동경이가 부러움과 황당함을 절묘하게 섞은 표정으로 말했다.

"너도 어디 아파?"

"나? 아, 아니. 왜?"

"다크서클 꼈어."

동경이는 손으로 눈 주위를 매만졌다.

"주여오주여, 알아?"

혹시나 하고 동경이를 떠보았다.

"그게 뭔데?"

"어제 안티카페 탈퇴한 애."

"어제? 글쎄, 잘······."

나는 동경이의 반응에 적잖이 실망했다. 자기하고는 상관없는 일이라는 태도. 아, 아니다. 내가 요즘 너무 예민하다. 누가 뭐래도 동경이는 전체 공개가 가능한 베프인데.

"아, 몰라 몰라. 배고프다. 빵 먹고 가자."

나는 절레절레 머리를 흔들며 밀밭 베이커리 문을 열고 들어갔다.

"나 돈 없는데."

"네가 돈이 없을 때도 있어?"

평소 용돈이 넉넉한 동경이는 씀씀이가 헤펐다. 아니 헤프다기보다 통이 컸다.

"그럴 일이······ 사실······."

나는 동경이가 우물쭈물하는 사이 머핀과 딸기 우유를 사서 계산했다. 머핀을 한 입 베어 문 상태에서 우유 뚜껑을 따다가 실수로 조금 흘렸다. 오늘따라 별일 아닌 일에 짜증이 났다. 주인아줌마가 건네준 휴지로 옷을 닦고 밖으로 나왔다.

"아, 아까 뭐라고 했어?"

"아냐."

동경이가 시선을 피했다. 나는 딴 데 정신이 팔려 있어서 대수롭지 않게 지나쳤다.

하루 일과가 시작되었다. 창밖을 보니 꼭 핵폭발 이후의 회색 도시를 보는 것 같았다. 방송으로 보건 선생님이 가급적 창문을 닫고 실내에서 생활하라고 당부했다. 마스크를 안 쓴 탓인지 목이 칼칼했다.

쉬는 시간에 오사랑은 선생님에게 다가갔다. 나는 귀를 쫑긋 세웠다. 오사랑은 동정심을 유발하는 표정으로 선생님에게 편지 봉투를 하나 내밀었다. 선생님이 봉투 속에 든 걸 훑어보더니,

"어머님이? 무슨 일로? 아…… 점심 먹고 상담실로 와."

하고 소곤거렸다. 그때 오사랑의 눈에서 눈물이 주르르 흘러내렸다. 오사랑은 손바닥으로 눈물을 닦으며 돌아섰다. 상처 받은 영혼처럼 보이려는 기색이 역력했다.

3교시 마치고 쉬는 시간에 예리는 교실에 들어와 자기 자리에 앉았다. 그렇게 추운 날씨도 아닌데 털모자와 털장갑과 털목도리로 중무장을 했다. 얼굴은 상기되어 있었고, 입술은 부르튼 게 대충 봐도 몸살 기운이 심해 보였다. 내가 예리한테 다가가 형식적으로 걱정을 하자 예리도 형식적으로 주사 맞아서 괜찮아졌다고 말했다. 오늘따라 동경이도 시무룩해 보여 계속 말 걸기가 애매했다. 영원한 내 편이라고 생각했던 동경이와 예리가 어색하게 느껴졌다.

점심시간에 동경이는 속이 안 좋다며 굶었고, 나도 몇 숟가락 깨작이다가 숟가락을 놓았다. 그때 오사랑이 경직된 표정으로 나를 노려보며 다가왔다. 그건 어떤 폭언이나 폭력보다 위협적이었다. 오금이 저리고 숨이 막혔다. 오사랑은 내 어깨를 탁 부딪치며 지나갔다. 난 휘

청거렸고 그 자리에 풀썩 주저앉을 뻔했다. 혹시 오사랑이 눈치라도 챈 걸까? 괜히 오사랑한테 정보를 흘렸나? 주여오주여가 정말 오사랑이었을까? 문득 그동안 확실한 근거도 없이 괜히 유언비어를 퍼뜨렸다는 후회가 밀려왔다. 나도 모르는 사이 간이 배의 3분의 2쯤 차지한 것 같았다. 가슴이 두방망이질 쳤다.

교실로 올라가는 길에 오사랑이 자기 엄마랑 상담실로 들어가는 걸 목격했다. 뒤를 따라오던 동경이는 주춤하더니 화장실이 급하다고 서둘러 뛰어갔다. 뭔가 있는데 이렇다 할 확신이 없어 마음만 위축됐다.

종례 시간이었다. 선생님은 깊은 한숨을 쉬더니 정색한 표정으로 입을 열었다.

"남학생들은 가고 여학생들은 다 남도록."

남자애들이 웅성대며 교실을 빠져 나갔다. 여자애들은 영문을 모르겠다는 표정으로 선생님을 주시했다. 한동안 교실에는 정적만이 감돌았다.

"저, 선생님. 오사랑 없는데요."

나는 모기만 한 소리로 말했다. 애들은 주위를 두리번거리더니 웅성거리기 시작했다.

"먼저 보냈어."

"왜요?"

이번엔 동경이가 선생님 눈치를 보며 조심스레 물었다. 선생님은 대답 대신 다시 한숨을 쉬었다.

"어디서부터 어떻게 말을 꺼내야 할지 모르겠다."

선생님의 말 한 마디 한 마디가 사람을 엄청 불안하게 만들었다.

"오늘 선생님이 무슨 이야기 들은 줄 알아?"

제발 묻지 말고 본론부터 말했으면 좋겠다. 도둑이 제 발 저린 걸까? 가시방석에 앉은 것처럼 불편했다.

"우리 반 여학생들만 가입한 안티카페가 있다는데, 사실이야?"

순간 심장 박동이 정지되는 느낌이었다. 그제야 감이 왔다. 오사랑이 찌른 거였다. 주여오주여가 오사랑인 건 확실해졌다. 아무리 그래도 그렇지, 자신의 행동을 반성할 생각은 안 하고 그렇게까지 치사하게 나올 줄은 몰랐다. 아니 땐 굴뚝에 연기가 날 리 없는데 말이다. 오전에 선생님 앞에서 오사랑이 흘렸던 눈물은 악어의 눈물일 가능성이 농후해 보였다.

"카페 운영자 누구야? 어떻게 그런 짓을. 이런 일이 또 우리 학교, 그것도 우리 반에 있을 거라고는 상상도 못했다. 이건 엄연히 학교 폭력이자 범죄야. 명예 훼손에 허위 사실 유포. 벌금이 얼만 줄 알아? 소년원 갈 수도 있어. 장난이 아니라고. 아휴, 심장 떨려."

선생님은 연거푸 한숨을 쉬었다. 그러고는 경위서를 한 장씩 나누어주었다.

"회원으로 가입한 애들은 물론 가입했다 탈퇴한 애들까지 한 명도 빠짐없이 그거 작성해서 선생님한테 내일 제출해. 특히 그 카페 운영자는 육하원칙에 따라 상세하게 적도록. 당장 그따위 카페 폐쇄하고."

순간 머릿속이 하얘졌다. 있는 그대로 적었다가는 인간 이하로 취급 받을 수 있다는 생각이 들었다. 그동안 나는 선생님한테 문제아가 아니었다. 수업 시간에 발표도 잘했고, 재미있는 질문과 답변으로 활기를 불어넣었다. 생활 통지표에도 칭찬 일색이었다. 그런데 이런 말도 안 되는 말썽을 부린 걸 알게 된다면……. 엄마는? 나를 구제 불능이라고 생각하겠지? 아빠는 실망이 얼마나 클까? 상상만으로도 아찔했다.

"한 가지 더! 만약 기회를 줬는데도 시치미 떼고 나 몰라라 하고 있으면 사이버 수사대에 의뢰할 생각이다. 선생님 한다면 하는 거 알고 있지? 제발 부탁인데 일 키우지 마. 호미로 막을 수 있는 일을 가래로 막으려고 하지 말라고."

사이버 수사대의 활약을 담은 영화의 한 장면이 생각났다. 지운 파일을 살리고, 데이터를 날짜별로 일목요연하게 정리하고……. 간담이 서늘해졌다. 정말 사이버 수사대에 의뢰하게 되면 나는 빼도 박도 못하고 범인으로 낙인찍힐 거였다. 내가 자초한 일이었고 알리바이가 있을 리 없었다. 묵비권도 아무 소용없을 거였다. 애들이 주절주절 다 떠벌릴 테니까. 편두통이 왔다. 곁눈질을 하니 나처럼 심각해 보이는 애들은 없었다.

"피해자가…… 충격이 크다, 얘들아."

오사랑이 피해자? 그럼 난 가해자? 혹시 오사랑이 얼마 전 내 뺨을 때린 건? 오사랑은 사건의 전모를 알고 있었던 걸까? 그렇다면 왜 신고하지 않았을까? 순간 온몸이 오싹했다.

문득 오사랑한테 나는 뭐였을까, 하는 생각이 들었다. 쫓아도 쫓아도 달라붙는 초파리 같은 존재? 아니 악착같이 자기 피를 빨아먹는 모기 같은 존재? 오사랑은 도저히 참을 수 없는 지경에 이르러서야 초파리와 모기를 향해 살충제를 칙 뿌렸다. 오사랑의 극약 처방은 아주 위력적이었다. 현기증이 일었다.

"이게 뭐야. 가입하지 말걸 그랬어."

"나 사실 댓글 쓰면서 얼마나 양심에 찔리던지."

"내 말이. 사람이 할 짓이 아니더라."

"난 거기 올라오는 글 다 뻥이라고 생각하긴 했어."

"운영자 혹시 질투의 화신? 솔직히 인정할 건 인정해야지. 오사랑 공부면 공부, 달리기면 달리기, 노래면 노래, 꿀피부까지, 뭐 하나 빠지는 게 없잖아."

"신은 공평하다더니 순 거짓말이야. 불공평해."

선생님이 나가자 안티카페 회원들은 행여 불똥이 튈까 봐 자기에게 유리한 진술을 하기 시작했다. 오사랑을 두둔하기까지. 갑자기 애들이 무서워졌다. 동경이는 내내 창밖만 바라보고 있었다. 입방아를 찧어대던 애들은 하교를 서둘렀고, 나 역시 가방을 둘러메고 교실 문을 나섰다. 마스크를 안 쓴 애는 나밖에 없었다. 나 혼자만 대열에서 이탈해 부유하고 있는 느낌. 손을 뻗지만 닿지 못하고 점점 멀어지고 있는 느낌. 다시 존재감 없는 애로 전락할 것 같은 불길함……

"같이 가."

동경이가 들릴락 말락 한 목소리로 말했다.

"바쁜 일이 있어서."

나는 표정 관리가 안 되어 등을 돌린 채 말했다.

"진가인!"

뒤에서 동경이가 나를 부르는 소리가 들렸다. 나는 못 들은 척 뛰었고, 교문을 벗어나자마자 속도를 늦추었다. 집 근처까지 왔다가 다시 발길을 돌렸다. 시궁창에 빠진 시궁쥐가 된 듯 비참했다.

북적이던 공원은 한산했다. 마스크를 쓰고 산책하는 사람 몇 명이 눈에 띌 뿐이었다. 뜨거운 눈물이 볼을 타고 흘렀다. 문득 내 눈물이 야말로 악어의 눈물이 아닐까 하는 생각이 들었다. 내 자신이 싫었다. 그때 반려동물 용품점이 눈에 들어왔다. 학교 바깥에서 오사랑을 처음 목격했던 곳. 오사랑은 저기에서 무얼 했을까?

나는 느릿느릿 발걸음을 옮겼다. 반려동물 용품점 앞에 걸음을 멈추고 몸을 구부려 안을 들여다보았다. 반려견들 몇몇이 철망에 갇혀 있었다. 찔러도 피 한 방울 나올 것 같지 않은 오사랑이 설마 저 반려견들한테 마음을 주었을까? 어쩌면 그동안 오사랑에 대한 편견의 덫에 걸려 허우적댄 게 아닐까 하는 생각에 가슴이 쩌릿했다.

나는 상념에서 빠져나와 가게 안을 둘러보았다. 유독 앙증맞은 시츄 한 마리가 나를 향해 계속 폴짝폴짝 뛰며 꼬리를 흔들어댔다. 그리고 나는 시츄의 까만 눈동자를 보고야 말았다. 빨려 들어갈 것 같은 눈망울. 불쑥 저 작은 철망에서 꼭 꺼내주고 싶은 마음이 들었다. 나는 시츄랑 공원을 산책하는 상상을 했다. 아주 잠깐 딱딱하고 차갑던 심장에 온기가 느껴졌다.

12월 15일

다행히 엄마 결혼식은 요란스럽지 않았다.

행인1도 왔는데 나를 피했다.

나도 말을 걸고 싶은 기분이 아니었다.

한때 행인1이 나한테 자격지심이 있다고 생각했다.

친척들이 모인 자리에선 항상 내가 주인공이었다.

그게 내 잘못도 아닌데 나는 늘 행인1 눈치를 봤다.

정해진 수순처럼 우린 점점 서먹해졌다.

어제 엄마는 아저씨도 적극 찬성했다며,

나랑 아니면 신혼여행을 안 가겠다고, 철없는 애처럼 굴었다.

신혼여행급 일정도 아닌데.

온갖 말로 핑계를 댔지만 막무가내였다.

안 그래도 머리가 복잡해 깨질 지경인데 엄마까지.

기어이 내 승낙을 받아내고서야 엄마는 내 방에서 나갔다.

엄마 면담이 끝나고 샘한테 휴대폰에 저장해 둔 사진을 보여드렸다.

샘은 약간 충격을 먹은 것 같았다.

한참 뒤에야 애써 담담한 목소리로

어떻게 하면 좋겠냐고 물었다.

내 생각이 중요한 모양이었다.

거기까지는 생각해 보지 않았다고, 차차 생각해 보겠다고 했다.

자리에서 일어났을 때 샘이 나를 안고 등을 토닥여주었다.

힘들었겠다, 말해줘서 고맙다, 일단 여행 잘 다녀와, 하고.

뜻밖의 상황에 눈물이 터졌다.

불편한 동거

집에 도착하자마자 소파에 몸을 던졌다. 꼭 먼지 구덩이, 아니 진흙 구덩이에 빠졌다 나온 것 같은 기분이었다. 샤워할 힘도 없고 식욕도 없었다. 목이 따끔거리고 안구 건조증에 걸린 것처럼 눈알이 뻑뻑하고 묵직한 두통이 왔다. 정해진 공식처럼 쿨럭쿨럭 기침이 나왔다. 갑자기 더워서 담요를 벗어젖히면 오한이 들어 몸이 바들바들 떨렸고 이가 다닥다닥 부딪쳤다. 하지만 나는 아플 정신이 없었다. 해결해야 할 숙제가 있었다.

띠릭, 문자가 왔다. 뜻밖에도 반장이었다.

> 진가인! 나 오주혁. 오후 6:06

맞다. 반장 이름이 오주혁이었지. 늘 "야!", "반장!", "무늬만 반장!"

이렇게만 불러 이름이 낯설었다.

오후 6:10 **?**

나, 주여오주여. 오후 6:11

가슴이 덜컥 내려앉고 숨이 턱 막혔다. 누군가가 오주혁을 빨리 대충 발음하면 '오주여'라며 놀린 적이 있었다. 왜 그걸 기억 못했을까?

오후 6:13 **가입은 어떻게?**

노 코멘트. 오후 6:14

오후 6:14 **왜?**

반장이잖아. 오후 6:15

오후 6:17 **어디서 반장 타령? 그리고 넌 빠져.**

나 오사람이람 친척. 오후 6:17

반장하고 오사랑하고 친척이라니? 그러고 보니 둘 다 오씨이긴 했다. 하지만 닮은 구석이라고는 눈을 씻고 쳐다봐도 없었다.

거의. 오후 6:17

오후 6:19 **뭔 개소리?**

엄마들끼리 고딩 대딩 베프. 오후 6:20

사람이람은 완전 어릴 때부터 알고 지냄. 오후 6:21

나는 그만 멍해져서 문자를 찍을 수가 없었다. 한참 뒤 반장이 다시 문자를 보냈다.

사랑이한테 정식으로 사과해. 니 잘못 맞잖아. 오후 6:42

어쩜 그렇게 둘 다 쌍으로 쌀쌀맞고 제멋대로고 자기밖에 모를 수가 있는지. 잘못한 거 인정하는데, 이렇게 지적질 받으니까 반발심이 생겼다. 나는 궁색한 변명을 늘어놓았다.

오사랑은 잘못한 거 없냐?

싸가지 바가지에, 지밖에 모르고,

오후 6:50 예쁜 척, 잘난 척, 맨날 아픈 척. 로 나오거든.

니가 그렇게 봐서 그렇지. 일반화의 오류. 오후 6:53

재수 없게 유식한 척은. 하지만 순간 반박할 말이 안 나왔다. 잠깐 망설이다 나는 오사랑에 대해 궁금한 걸 물어보았다.

오후 6:54 너 카페에서 다 봤지?

128

뭐? 오후 6:55

척하면 척이지, 애가 말귀를 왜 이렇게 못 알아먹는지 답답했다. 곁에 있었으면 머리로 반장 코를 들이받고 싶은 심정이었다.

오후 6:56 그 원조 교제 아저씨 사진이랑.

너는 새아빠 될 사람하고 원조 교제하냐? 오후 7:00

어딘지 부자연스러운 둘의 모습이 떠올랐다. 근데 새아빠라니, 예상을 완전 빗나갔다.

새아빠 될 사람하고 뭘 그렇게 비밀스럽게 만나?

오후 7:03 오해하기 딱 좋게.

니가 그렇게 봐서 그런 거. 오후 7:05

또 그 소리. 근데 내가 정말 색안경을 쓰고 봐서 오사랑이 하는 짓마다 눈꼴시었던 걸까? 솔직히 고백하면 난 오사랑이 관심의 집중포화를 받는 게 싫었다. 6학년 때 같은 상황이 재현되고, 내가 학급을 위해 봉사하고 희생한 건 아무것도 아닌 게 되는 게 두려웠다.

오후 7:11 그리고 오사랑 개 잃어버린 적 있어?

누구? 오후 7:11

오후 7:12 개, dog, 이 멍청아!

뜬금없이 왜? 오후 7:14

반려동물 용품점에 들어가는 거 몇 번 봤음.

오후 7:14 유기동물보호센터도.

사람이 포메라이안 키웠어.

이름이 오드리.

근데 저번에 잃어버렸대. 오후 7:17

오후 7:19 헐 불쌍.

헉! 나도 모르게 오사랑을 동정하는 말을 하고 말았다. 이미 뱉은
말 도로 주워 담을 수도 없었다. 나는 왼손으로 애꿎은 오른손가락
을 때렸다. 그러고는 인터넷으로 포메라이안을 검색해 보았다. 귀엽
고 앙증맞아 보이는 게 오사랑하고는 완전 딴판이었다.

나는 아까부터 궁금했지만 두려워서 미루기만 했던 질문을 던졌다.

오후 7:34 혹시 그것도 봤어?

응. 오후 7:34

목적어가 생략된 물음에 '응.'이라고 대답하다니. 순간 감전당한 것
처럼 온몸의 신경세포가 곤두서는 느낌이 들었다.

130

나는 급히 대화방에서 빠져나왔다. 반장이 모든 걸 알았다면 소문이 파다하게 퍼지는 건 시간문제였다. 나는 SNS 친구 목록에 깔려 있는 반장 프로필 사진을 터치했다. 덧니를 드러내고 활짝 웃고 있는 모습. 얼마나 보정을 잘했는지 엑스보이스 혁찬 오빠와 도플갱어라고 해도 믿을 것 같았다. 에이, 재수 없는 자식! 나는 친구 관리에 들어가 반장을 차단했다. 가슴 저 밑바닥에서 회오리바람이 몰려오는 것만 같았다. 이 순간 아무에게도 연락할 데가 없다는 사실에 망연자실해졌다. 엄마, 아빠, 동경이, 예리, 선생님……. 몸이 한껏 움츠러들어 종이 뭉치가 된 느낌이었다.

문득 초등학교 졸업 후부터 우리 학교 전학 오기 전까지 오사랑의 행적이 궁금해졌다. 나는 메신저 친구 관리에 들어갔다. 숨김과 차단 친구를 보다가 그 애를 발견했다. 오사랑 그림자처럼 따라다녔던 애, 안효영. 차단 해제를 하고 프로필 사진을 확대했다. 처음 보는 남자애와 함께 엽기적인 표정으로 혀를 쭉 내밀고 있었다.

오후 8:16 안녕, 오랜만. 나 진가인.

안효영은 때마침 휴대폰을 보고 있었는지 바로 답문을 보내왔다.

> 니가 웬일? 오후 8:16

싸가지는 여전했다.

> 오후 8:17 오유리에 대해 뭐 좀 물어볼 게 있어서.
>
> 걔? 얘기 꺼내지도 마. 짜증. 오후 8:18
>
> 오후 8:18 왜? 지금 우리 반. ㅜ
>
> 헐, 이 무슨 운명의 장난.
>
> 너희 둘 장난 아니었잖아. 오후 8:20

지는? 난 안효영한테 따지고 싶은 말이 많았지만 참았다. 내가 원하는 걸 얻기 위해.

> 오후 8:22 오유리 뭐야? 어떻게 된 거야?
>
> 뭐, 전학?
>
> 집에 문제가 생겼나 봐.
>
> 엄마가 아는 아줌마랑 얘기하는 거 주워들음. 오후 8:25
>
> 걔 아빠가 잘나가는 변호사였잖아.
>
> 바람이 났다나 뭐라나. 오후 8:26

아빠의 바람. 오사랑과 나 사이에 공통분모가 있다니. 가슴에 미세

132

한 통증 같은 게 느껴졌다.

> 오유리 그러고 나서 무슨 자기 아빠보다 더 유명한
> 변호사 될 거고 간통죄도 부활시킨다 그러고. 오후 8:30
> 그때부터 완전 딴사람 됐음. 오후 8:30
> 양아치 짓 안 하고 공부할 거라고 연락하지 말래. 오후 8:31
> 오사람으로 개명도 하고 완전 재수 없어. 오후 8:31
> 나도 자존심이 있걸랑. 오후 8:32
> 그때부터 절교. 오후 8:32

　그동안 과잉보호 받아서 제멋대로인 줄 알았더니. 세상에 사연 없는 사람 없다지만 오사랑은 왠지 아주아주 복잡한 사연의 주인공 같다. 그동안 오사랑과 관련된 일들을 떠올려 봤지만 정리가 되지 않았다. 나 혼자 있을 때 본 막장 드라마가 생각났다. 바람, 이혼, 위자료 이런 말들이 떠올랐다가 물거품처럼 사라졌다.

　나는 엄마 왔다는 핑계로 급히 문자 대화를 마무리했다. 그러고는 빈속에 두통약을 한 알 먹었다. 머리가 어질어질했다. 나는 또 소파에 픽 쓰러진 채 리모컨 전원을 눌렀다. 채널을 이리저리 돌렸다. 딱히 시선을 잡아끄는 방송이 없었다. 그러다가 우연히 케이블 방송의 다큐 채널을 틀었다. 모기 한 마리를 근접 촬영한 모습이 나왔다. 평소라면 그냥 채널을 돌렸을 테지만, 얼마 전 모기와의 전쟁을 치렀던 나는 홀린 듯 화면에 눈길을 박았다. 막 시작하는 건지 '모기와의 불편한 동거'라는 제목이 나타났다 사라졌다.

"지구촌에서 사람을 가장 많이 죽이는 동물은 무엇일까요? 뱀일까요? 상어일까요? 인간일까요?"

내레이션이 긴장감을 주는 배경 음악과 함께 흘러나왔다. 순간 나도 궁금증이 일었다. 정답은 인간?

"바로 모기입니다. 세계보건기구 WHO는 사람을 가장 많이 해치는 동물은 모기라고 발표했습니다. 한 해 평균 무려 72만 5천명의 사람을 죽인다니 대량 살상 무기나 다름없죠? 모기가 옮기는 대표적인 질병은 말라리아로, 이 질병으로 숨지는 사람만 어림잡아 한 해 60만 명. 모기는 그 외에도 뇌염, 뎅기열, 황열 등 22종의 질병을 옮기는 매개체입니다."

아까 모기를 보여준 이유가 있었다. 고작 모기라니, 헐. 내레이션에 따르면 2위가 인간이었고, 3위는 뱀이었다. 2, 3위에 비해 모기가 사람을 살해하는 수치가 압도적으로 높았다. 백해무익한 모기, 멸종시키면 되잖아. 이런 의구심이 고개를 드는 순간 내레이션이 마치 독심술로 내 생각을 읽기라도 한 것처럼 설명을 이어나갔다.

"영국 모 기업에서 유전자 변형 모기를 대량 배양해 브라질의 한 섬에서 모기 멸종을 시도한 적이 있습니다. 결과는 성공적이었죠. 그러나 다른 지역들은 이 실험을 보류했습니다. 이유는 뭘까요? 모기의 멸종이 생태계에 엄청난 교란을 가져올 수 있다는 판단 때문이었습니다."

모기의 주식량은 인간의 피가 아니라 꽃의 꿀이라고 했다. 이들은 벌이나 나비처럼 꽃에 앉아 열매를 맺게 하는 중요한 구실을 한다고. 또 모기가 가장 많이 피를 빠는 동물이 바로 조류인데, 갓 부화된 새끼들은 모기가 한 번만 피를 빨아도 죽는단다. 그래서 철새들이 4월에 새끼가 부화할 때쯤 모기가 없는 곳으로 먼 길을 날아간다고. 그리고 이동한 철새는 곤충을 잡아먹으며 식물과 해충 사이에서 균형 잡는 역할을 한다고. 모기가 해롭다고 무턱대고 멸종시킬 수는 없는 이유란다.

"전 세계에 서식하는 모기를 한 번에 멸종시키는 것은 사실상 불가능에 가깝습니다. 그리고 그건 인간과 모기의 불편한 동거가 앞으로도 계속될 수밖에 없는 이유입니다."

다큐멘터리를 보고 난 뒤 나는 허를 찔린 기분이었다. 세상에 그냥 살아 있는 생명체는 없다는 생각이 들었다. 문득 한때 모기 같은 존재로 치부했던 오사랑이 떠올랐다. 안티카페에서 육체와 영혼이 나달나달해진, 옴짝달싹 못하는 식물인간 상태의 오사랑이. 끔찍했고 한편 두근거렸던, 그 이후 숨통까지 완벽하게 끊어놓고 싶었던 내 마음까지도. 그땐 그 두근거림의 실체가 무엇인지 파악하는 게 불가능했다. 지금은 알 것도 같았다. 그건 나만 아니면 된다는 지독히 사악하고 이기적인 발상이 낳은 감정이었다.

불편한 동거. 오사랑과 나는 학교에서 그런 관계다. 자퇴나 전학이라는 변수가 없는 한 앞으로도 그런 관계는 계속 유지될 거다. 나랑 맞지 않는다고 존재 자체를 부정하는 건 얼마나 황당무계하고 오만한 처사인가. 처음부터 이런 생각을 가졌더라면 나는 오사랑과 서로 인정할 건 인정하고 균형을 이루면서 불편한 동거를 해나갔을 수도 있었다. 휴, 한숨이 나왔다. 머리가 복잡해서 어지럽다가 어느 순간 몸이 나른해졌다.

깜빡 졸았다 깨어나 숨이 가쁘도록 기침을 했다. 그 소리를 듣고 놀랐는지 엄마가 후닥닥 들어왔다.

"가인아, 진가인. 얘가 왜 이래? 몸이 불덩이네."

나는 엄마한테 모든 걸 고백하고, 사과도 하고, 따뜻한 말로 위로받고 싶었다. 엄마 품에 안겨 머리를 매만지는 손길을 느끼며 한숨 늘어지게 자고 싶었다. 아, 그런데 지금은 엄마와 냉전 중. 섣불리 발설했다간 엄마와 영영 화해를 못할 수도 있다는 생각이 들었다.

'어쩜 미운 짓만 골라서 하니?'

'아쉬울 때만 엄마 찾지?'

'엄마 말 안 듣고 제멋대로 하더니 꼴좋다.'

'아, 나도 몰라. 안 그래도 골치 아픈데. 네 일 네가 알아서 해.'

고작 이런 말이나 들을 것 같다.

나는 엄마의 손길을 뿌리치고 내 방으로 갔다. 머리카락이 모두 선인장 가시처럼 느껴졌다. 수천 개의 가시가 머리를 찌르고 있는 듯한 느낌. 나는 통증을 참으며 책상 앞에 엎드린 채 고민에 고민을 거듭했지만 속수무책이었다.

안티카페에 들어가 보니 애들은 모두 회원 탈퇴를 한 상태였다. 캄캄한 무인도에 혼자 남겨진 듯했다. 무인도에 곧 폭풍과 한파가 몰아닥치겠지. 나를 감싸고 있던 나뭇잎은 죄다 떨어졌고, 앙상한 나무껍질 틈으로 칼바람이 스며들었다. 결국 절차를 거쳐 카페를 폐쇄했다. 휴대폰에서 카페 앱도 삭제했다.

"병원에 안 가도 돼?"

엄마가 노크를 하면서 물었다. 병 주고 약 주는 것 같았다. 나는 만사가 귀찮아서 대꾸하지 않았다. 쿨럭쿨럭……, 쿨럭쿨럭……. 갑자기 목이 너무 말라 주방으로 갔다. 미간을 찌푸린 채 물을 두 컵이나 마셨지만 갈증이 해소되지 않았다. 한숨이 자꾸 나왔다. 나는 선생님이 준 종이에 육하원칙에 따라 경위서를 작성하기 시작했다.

저는 11월 5일 밤 오사랑이 너무 미워서
오사랑 안티카페를 만들었습니다.
그리고 오사랑에 대해 안 좋은 소문을 냈습니다.
거짓말을 하고, 진상 사진과 동영상을 올리고,
온갖 입에 담기 어려운 말을 하기도 했습니다.
애들이 댓글을 달아주며 맞장구를 쳐주자 더 신이 났습니다.
평소 오사랑은 학급 일에 비협조적이고, 자기밖에 모르고

여기까지 쓰다가 오사랑에 대한 험담은 지웠다. 험담을 쓰면 쓸수록 내가 초라해졌다. 후회가 폭포수처럼 쏟아졌다. 컴퓨터처럼 '새로 고침'이나 '되돌리기' 버튼이 있다면 얼마나 좋을까.

경위서를 쓰다 말고 슬며시 손으로 이마를 만져보았다. 손에 식은 땀이 묻어났다. 온몸이 불덩이였다. 두개골이 흔들리는 깃 같고 목덜미가 뻣뻣했다. 침대에 눕자마자 동경이한테서 문자가 왔다.

> **가인아, 자? 할 말 있는데.** 오후 11:11
>
> 오후 11:11 **?**
>
> **미안. ㅜㅜ** 오후 11:11
>
> 오후 11:12 **?**
>
> **사실 나 안티카페 탈퇴한 지 꽤 됐어.** 오후 11:13

잠시 멍하다가 온몸을 휩싸는 배신감에 오소소 소름이 돋았다. 머리가 깨질 듯 아프고 속도 메슥거렸다. 휴대폰에서 진동이 계속 울렸다.

> 엄마가 뒤에서 보고 있는 줄도 모르고
> 신나게 댓글 달고 있다가 딱 걸렸어. 오후 11:14
>
> 그날부터 컴 사용 금지! 폰은 수신만 가능! 오후 11:15
>
> 용돈 한 달 금지! 오후 11:15
>
> 오후 11:16 너 엑보느님이었지?
>
> 아니, 난 도쿄엔젤. 오후 11:17

맞다. 일본 도쿄가 한자로 '동경'이어서 그렇게 불렀던 기억이 났다. 웃기는 표정과 몸짓으로 일본말을 흉내 냈던 기억도. 돌이켜 보니 동경이 행동이 수상쩍긴 했다. 전날 안티카페에 올라온 글에 대해 이야기하면 대충 얼버무리거나 은근슬쩍 넘어갔다. 상황이 이렇게 되고 보니 동경이마저 원망스러웠다. 처음 소수 정예만으로 운영하자고 했을 때 동경이는 재밌는 건 공유해야 한다며 부득부득 우겼다. 그래 놓고 아무 말도 없이 탈퇴했다고?

> 나 요즘 그것 때문에 불면증. 오후 11:18

나는 막 퍼붓고 싶은 걸 가까스로 참았다. 그건 그렇고 나 못지않게 적극적으로 활동했던, 그래서 우수 회원으로 내가 등업시켜 줬던 그 애는 누굴까? 이젠 아예 딱따구리가 머리를 쪼아대는 것 같았다.

오후 11:20 **진작 말하지……**.

입이 열 개라도 할 말이 없… ㅜㅜ

요즘 엄마랑 냉전 중. 그리고 있잖아. 오후 11:25

그래, 끝까지 숨기고 있는 것보다 이제라도 실토하는 게 나아. 나는 스스로를 다독였다.

오후 11:25 **나 피곤해서……**.

ㅇㅇ 쉬어. 오후 11:27

창문을 열었다. 추운 날씨에 초미세먼지가 여전한지 밤하늘에 뜬 달은 아주 희미하게 빛나고 있었다. 내 마음속에도 초미세먼지가 자욱하게 끼는 것 같았다. 창문을 닫았다. 시간이 흘러도 우중충한 기분은 나아지지 않았다. 내가 잘했다는 건 아니지만, 애초에 원인 제공을 한 오사랑이 원망스러웠다. 난 어쩌자고 자꾸 남 탓만 할까. 죄책감과 원망이 담긴 천칭의 저울판이 올라갔다 내려갔다를 반복하고 있었다. 문득 반장이 남겼던 마지막 문자 내용이 떠올랐다.

오사랑이 내일부터 학교를 안 다닌다는 걸까? 전학 가는 걸까? 어디 유학이라도 가나? 쿨럭쿨럭, 얼굴이 시뻘게지도록 연이어 기침이 터져 나왔다. 침을 삼키면 목이 따끔거렸고, 목소리도 잘 안 나왔고, 목에 가래도 끓었다. 그물에 걸린 고기처럼 답답하고 살이 찢어질 듯 아팠다. 모든 게 엉망진창이고 이 상황을 내 힘으로 제어하고 수습하는 건 어려워 보였다. 하루가 영원 같았다. 잠자기는 글렀다.

카멜레온

이틀 연속 초미세먼지 경보 발령 상태였다. 엄마가 수선을 떨더니 출근 전 나를 데리고 병원에 갔다. 귀찮다고, 내버려두라고, 성질을 부렸지만 내심 다행이다 싶었다. 의사 선생님은 몇 가지 검사를 한 뒤 단정적으로 결론을 내렸다.

"영양실조에 감기 몸살이네요. 약 먹고 며칠 푹 쉬면 괜찮아질 겁니다."

"인스턴트 음식만 주구장창 먹어댈 때부터 알아봤다."

엄마는 영양실조라는 말에 좀 당혹스러워 하더니 고작 책임 회피성 발언을 했다. 그럼 속이 편할까. 그러거나 말거나 나는 의사 선생님의 처방에 천장이 무너지는 기분이었다. 괜찮아지면 안 된다. 병에 걸려 입원까지 해야 하는데……. 하지만 주사를 맞고 약국 가서 약을 받고 종합 영양제와 마스크를 사는 걸로 그쳤다.

"진작 병원에 가자니까 고집 부리다가 이게 뭐니?"

엄마는 환자한테 일만의 동정심도 없는 것 같은 말만 골라서 했다. 눈치 보여서 마음 놓고 아프지도 못하겠다. 나는 엄마한테 아쉬운 소리 하기 싫었지만 애써 참고 입을 뗐다.

"나 학교 안 가면 안 돼?"

"안 돼! 개근상 못 타. 그게 얼마나 의미 있는 상인지 몰라?"

개근상, 그딴 거 엄마한테나 중요하지 나한텐 하나도 중요하지 않다. 내가 꼬막처럼 입을 꽉 다물고 있자 엄마가 고민 끝에 말문을 열었다.

"혼자 있을 수 있어?"

엄마는 큰맘 먹고 선처를 베푸는 것처럼 말했다. 늘 혼자 있는데 갑자기 웬 걱정? 하지만 그런 걸 따질 시점이 아니었다. 나는 절박한 표정으로 고개를 끄덕였다.

엄마는 아파트 입구에 나를 내려주었다.

"늦어?"

"알면서 왜 물어."

그러게나 말이다. 임용 고사는 코앞으로 바짝 다가왔다. 난 엄마가 1차에서 탈락하기를 바랐다. 그래서 엄마가 시험에 대한 미련을 버리고 앞으로 집안 살림이나 열심히 하고, 무남독녀의 소중함을 절절히 느꼈으면 좋겠다.

"밥 챙겨 먹고, 약 먹고."

나는 쓰러지기 일보 직전이어서 엄마 말에 대답도 안 하고 곧장 집에 들어왔다. 집이 학교보다 편하긴 처음이었다. 침대에 몸을 던졌다. 눈을 떠도 감아도 오사랑이 떠올랐다.

　시간이 훌쩍 흘렀다. 점심으로 엄마가 사다 놓은 냉동 새우볶음밥을 볶아 먹었다. 약을 삼키자마자 기침이 나오는 바람에 알약들이 입 밖으로 뿜어져 나왔다. 낫기 싫은데 차라리 잘됐다 싶었다.

　그때 휴대폰에서 진동이 울렸다. 아빠였다. 엄마가 연락한 모양이었다. 아빠는 내가 큰 수술이라도 앞둔 것처럼 호들갑을 떨었다. 울먹울먹하기까지 했다. 순간 눈시울이 뜨거워졌다. 나는 너무 아파서 통화하기 힘들다며 바로 전화를 끊었다. 아빠가 당장 달려왔으면 좋겠다는 생각도 들었다. 한편 딸을 몇 년 간 못 보게 하는 형벌을 내리고 싶기도 했다. 아, 엄마 아빠는 어떤 선택을 할까. 내가 엄마 입장이라면 아빠가 용서가 될까. 지금 이 상황에서 뭐가 신실인지는 나한테 중요치 않다. 사실이건 오해건 애초에 엄마가 화낼 빌미를 제공한 쪽은 아빠였고, 지금은 그것 때문에 둘의 감정은 악화 일로에 있다. 애걸복걸해서 엄마한테 결혼 승낙을 받았다던데 아빠는 도대체 왜! 하지만 이미 균열은 일어났고, 화해를 하더라도 그 흔적은 남을 거다. 그걸 덮을 수 있는 뭔가가 둘 사이에 존재할까. 그 뭔가가 최소한 내가 아니었으면 좋겠다. 괜히 부담된다.

　나는 도로 침대에 누웠고 어느새 의식이 점점 가물가물해졌다. 한숨 자고 일어났더니 두통이 좀 가라앉았다. 동경이와 예리한테 문자가 와 있었다. 학원 가기 전에 잠깐 병문안 온다는 내용이었다. 왔으면 하는 마음과 오지 말았으면 하는 마음이 반반이었다.

오후 네 시경에 동경이와 예리가 도착했다. 나는 약간 구부정한 상태로 한 손으로는 허리를 받치고 한 손으로는 이마를 짚은 채 애들을 맞았다. 부스스한 머리칼은 일부러 손질하지 않았다. 동경이는 나와 시선을 맞추지 못했다. 그동안 마음고생 심했구나, 하는 생각에 마음이 짠했다.

"너의 죄를 사하노라!"

나는 최대한 쿨한 척 말했다.

"나 조마조마해서 죽는 줄 알았잖아."

동경이가 안도의 한숨을 쉬며 씩 웃었다.

"고맙고 미안해."

"됐어. 우리 사이에."

섭섭한 게 전혀 없다면 거짓말이다. 하지만 지금 이 순간 동경이와 예리마저 내 곁을 떠난다면 나는 그 자리에 녹아 사라질 것 같았다. 그건 생각만 해도 끔찍하다. 나는 동경이 손을 꼭 쥐었다 놓았다.

"좀 괜찮아?"

멀뚱하게 서 있던 예리가 내 품에 노란 장미꽃 다발을 안기며 물었다. 그러고는 마스크를 벗었는데 잇몸까지 보이게 환히 웃고 있었다. 혈색도 좋아졌고 목소리도 짱짱했다.

"응. 고마워."

나는 코를 쿵쿵거리며 향기를 맡았다. 코가 막혔는지 향기를 맡을 순 없었지만 기분은 한결 나아졌다.

동경이와 예리는 쉴 새 없이 수다를 떨었다. 간간이 동경이가 짓는 웃음 사이사이에 드리워졌던 그늘은 점점 짙어갔다. 그 그늘이 불안했다.

"접때 나 쓰러진 날, 엄청 아픈데도 학교 왔잖아. 끝까지 조퇴도 안 하고. 난 병원 갔다가 학교엔 결석하고 바로 집에 가고 싶었는데, 엄마가 너무 오냐오냐해 주면서 응석받이로 키운 것 같다면서 쓰러지는 한이 있더라도 학교 가라는 거 있지. 어이가 없었어. 아파 죽겠다고 성질내도 안 통하더라고. 우리 엄마 은근 똥고집 있는 거 알지? 나 엄마한테 삐쳐서 그날 일부러 점심도 안 먹고, 약도 안 먹고, 그러다가 그만……. 엄마, 할머니한테 엄청 혼나고, 히히, 나한테 잘못했다고. 용돈도 두둑하게 받았어."

예리의 철없는 영웅담에 우린 웃었다. 웃음 뒤에 침묵이 이어지자 어색함이 감돌았다. 낌새를 챘는지 예리가 대화의 끈을 이어나갔다. 서로 약속이나 한 듯 오사랑과 안티카페 이야기는 쏙 뺐다. 대화가 겉돌고 있다는 느낌을 지울 수가 없었다. 하지만 시끄러우니까 딴 생각이 안 나서 좋았다.

동경이와 예리가 학원 갈 시간이라며 나가자 집 안은 다시 적막에 휩싸였다. 날이 어둑해졌지만 텔레비전도 불도 켜지 않았다. 연예인들이 나와 웃고 떠드는 모습을 보면 더 울적해질 것 같았다. 몸에서 열이 안 떨어졌다. 저녁밥은 안 먹었다. 약도 생략했다. 몸 상태는 점차 악화되었다. 깜깜한 집에서 내일 학교 갈 일을 생각하니 눈앞이 깜깜했다. 아직 경위서도 다 못 썼다. 내일도 결석하고 싶은데 엄마가 허락할까? 그럴 리 없다. 나는 그대로 침대에 쓰러졌다.

엄마가 내 이마에 손을 대는 통에 잠에서 깼다. 엄마가 한숨을 쉬고 밖으로 나가더니 물수건을 이마에 올려주었다. 몇 번을 그렇게 했다. 나는 계속 자는 척했다.

거의 매일 시끌벅적했던 우리 반 여자애들 단톡방은 태풍의 눈 속에 들어온 것처럼 고요했다. 나는 유리병에 갇힌 것처럼 불편하고 숨이 막혔다. 문자를 찍었다가 지우기를 반복했다. 무슨 얘기를 하면 좋을까? 아, 맞다. 우리 반 단체 여행. 보름 전인가 선생님이 구체적인 계획을 발표했고 가정 통신문을 돌려 동의서까지 받았다. 단체 여행에 우리 반 애들 반 이상이 참여하게 된 건 내 공이 컸다. 내가 일일이 돌아다니면서 다른 건 몰라도 재미와 추억은 보장한다고 유혹했으니까.

나는 마치 아무 일도 없었던 것처럼 여자애들 단톡방에 문자를 찍었다. 애들의 반응이 두렵고 궁금했다.

13 오후 9:16 **우리 단체 여행 때 뭐 하고 놀까?**

읽은 사람 숫자가 급격하게 줄어들었다. 하지만 아무도 답이 없었다. 모두 속으로 '미친 거 아님?' 이렇게 말하고 있는 것 같았다. 동경이와 예리는 문자를 확인했을까? 얼음 낀 강 한복판에서 한 걸음 내디딜 때마다 쩍 금이 가는 상황에 놓인 기분이었다. 강 가장자리에 있던 애들은 금이 가자마자 서둘러 제 살길을 찾아 바삐 달음질쳤다.

날이 밝았다. 초미세먼지 농도는 많이 옅어져 있었다. 엄마는 출근 전 방에 들어와 내 상태부터 확인했다.

"웬만하면 일단 학교 가. 엄마가 태워줄 테니까. 정 아프면 조퇴하고. 계속 결석하는 거 안 좋아."

나는 한숨을 쉬며 등을 돌렸다. 억지로 학교 갔다가 큰 탈이 나서 엄마가 참회의 눈물을 흘리길 바랐다.

"됐어. 혼자 갈게."

학교에 가기로 결정하자 가슴에 묵직한 추가 달린 것 같은 기분이었다. 선생님은 안티카페 사건에 대해 나를 추궁할까? 누군가가 진가인이 의심된다며 고자질했을지 모른다.

"그래, 그럼."

엄마는 메마른 말투로 말했다. '필수! 자녀 무조건 이해하기'나 '자녀 눈치 보고 살기 꿀팁' 같은 강좌가 있다면 알바를 해서라도 엄마들으라고 등록해 주고 싶었다.

학교 가는 길에 고민이 많았다. 선생님한테 이실직고할까? 혹시 괜히 긁어 부스럼 만드는 게 아닐까? 자꾸 미적거리는 사이 상황만 악화되면? 아니, 어차피 한번은 부딪칠 일이다. 아픈 건 둘째치고 불안해서 못 살겠다. 꼭 먹다 체한 것처럼 속이 더부룩하고 컨디션도 최악이다. 어떻게든 일이 빨리 매듭지어지면 좋겠다. 그렇게 결심이 섰다가도 자수하면 광명이 아니라 암흑의 구렁텅이로 빠질 것 같은 위기감에 자꾸 망설이게 된다.

늑장을 부리다가 지각을 했다. 자연스럽게 오사랑 자리 쪽으로 눈이 갔다. 오사랑은 없었다. 앓던 이가 빠진 듯 시원할 줄 알았는데 외려 답답하고 불안하기만 했다.

"가인이 왔니?"

담임 선생님이 교실 문을 열고 엷게 미소를 지었다. 나는 선생님 얼굴을 똑바로 바라볼 수가 없었다.

"얼굴이 반쪽이 됐네. 엄마한테 전화 받았어. 견디기 힘들면 말해. 조퇴시켜 줄 테니까."

"네. 감사합니다."

"참!"

"네?"

간이 덜컥 내려앉았다. 올 것이 오고야 만 걸까?

"그 몸으로 여행은 갈 수 있겠니?"

그러고 보니 내일모레가 우리 반 단체 여행이었다. 속이 쓰렸다. 이런 상황에 여행까지 간다고 하면 애들은 나를 철면피에 무뇌아라고 빈정댈 게 뻔했다.

"잘…… 모르겠는데……."

막힌 수챗구멍에서 물이 흘러내려가듯, 꾸역꾸역 시간이 흘렀다. 선생님이 자리를 비운 틈에 동경이와 예리가 다가왔지만 나는 쭉 엎드려 있었다.

"너무 무책임한 거 아냐? 양심의 가책을 좀 느껴야 하지 않니? 왜 그딴 걸 만들어서 전체한테 민폐를 끼칠까 몰라."

처음에는 환청인 줄 알았다.

"진짜 아픈 건 맞아?"

눈이 번쩍 뜨였다. 슬며시 고개를 들었다. 쉬는 시간인지 선생님은 없고 애들이 떠들썩하게 돌아다니고 있었다. 내 앞에 팔짱을 낀 채 떡 버티고 있는 애는 부반장이었다.

"무슨 말이야?"

나는 잠긴 목소리로 물었다.

"몰라서 물어? 네가 안티카페 운영자라는 거 모르는 사람 있는 줄 알아? 그렇게 설치고 다니는데. 우리가 바보냐?"

나는 부반장의 눈을 똑바로 바라보았다. 부반장 역시 내 시선을 피하지 않았다.

"정말 모르는 거야, 모르는 척하는 거야? 내가 엑보느님이었는데."

수만 볼트짜리 전기가 온몸을 훑고 지나간 듯 쩌릿했다. 이런 걸 반전이라고 하나? 엑보느님은 특히 오사랑을 심하게 씹어댔다. 죽이 척척 맞아서 동경이일 거라고 착각했을 정도로. 우수 회원으로 등업까

150

지 했지만 엑보느님은 어느 순간 탈퇴했고, 누군지 궁금했지만 부반장을 의심한 적은 없었다. 한땐 오사랑 대변인이나 하수인처럼 보이던 애가 지금은 오사랑처럼 보이기 시작했다. 카멜레온이 따로 없었다. 도대체 사람한테는 몇 개의 얼굴이 숨겨져 있는 걸까. 카멜레온이 색깔을 바꾸는 건 생존 본능이라던데, 그럼 부반장도 살아남기 위한 방편이었을까. 처음으로 부반장의 정신세계가 궁금했다.

"야, 박미라! 너 좀 심한 거 아냐?"

"맞아. 너도 똑같이 했잖아."

동경이가 나서고 예리가 맞장구를 쳤다. 하지만 목소리에 힘이 빠져 있었고, 무엇보다 태도가 너무 소극적이었다. 화가 치밀었다.

"이제 와서 다들 발뺌하겠다고? 정말 무섭다. 알았어. 내가 다 책임질게. 그럼 됐지?"

나는 가방을 메고 무단 조퇴를 감행했다. 말리는 동경이와 예리의 팔을 쳐내고 달음질쳤다. 욱하는 마음에 말을 그렇게 했지만 어떻게 책임져야 할지 얼마나 책임져야 할지 가늠조차 할 수 없었다. 가슴이 차갑게 얼어붙는 것 같았다.

학교를 벗어나자마자 세찬 바람이 머리칼을 헝클어뜨리고 뺨을 때렸다. 경찰차가 경광등을 반짝이며 우리 학교 교문 안으로 들어갔다. 간이 졸아붙은 느낌이었다. 다른 일 때문에 온 건데 괜히 도둑이 제 발 저린 걸까? 나는 휴대폰 전원을 꾹 눌러 껐다.

집으로 돌아왔다. 아무 생각 없이 주방으로 가 라면을 두 개나 끓였다. 달걀과 만두와 떡국 떡을 넣었다. 게걸스럽게 다 먹어치우자 속이 울렁거렸다. 화장실로 가 몇 번이고 토악질을 해댔다. 나는 침대에 널브러졌다. 몇 날 며칠 가슴 밑바닥에 오사랑 안티카페가 독사처럼 똬리를 틀고 있었다. 독사는 내 목을 친친 감고 혀를 날름대며 나를 정면으로 응시했다. 독사가 뭘 말하려는지 어렴풋이 알 것도 같았다.

바깥은 컴컴했고 집 안은 무서울 정도로 조용했다. 텔레비전을 켜니 마침 뉴스가 진행 중이었다.

"새라 안티카페 운영자와 회원 다섯 명이 경찰에 소환되었습니다. 새라 안티카페 운영자 송씨와 회원 다섯 명은 오늘 남부경찰서 사이버팀에서 새라에 대한 명예 훼손 혐의로 조사를 받았습니다. 송씨와 회원 다섯 명은 안티카페에서 새라에 대한 비방성 글과 사진 및 동영상을 수차례 올린 혐의를 받고 있습니다. 특히 회원 중 한 명은 중학교 2학년생이어서 더 큰 충격을 주고 있습니다."

화면에 어려 보이는 애가 울먹이며 횡설수설 인터뷰에 응하고 있었다. 얼굴은 모자이크 처리가 되어 있었고 목소리는 헬륨 가스를 흡입한 것처럼 변조되어 있었다. 그 애 머리에는 낯익은 파란색 리본 핀이 꽂혀 있었다.

"재국 오빠랑 스캔들 터지고 그냥 미웠어요. 그냥요, 그냥. 죄송합니다. 용서해 주세요. 제발요."

나는 텔레비전을 꺼버렸다. 도대체 무슨 정신으로 안티카페라는 걸 만들었을까? 내가 오사랑이었다면 치가 떨렸을 거다. 바로 경찰서에 신고했을 거다. 무릎 꿇고 빌어도 용서하지 않았을 거다. 안티카페를 만들기 전, 글과 사진을 조작하기 전, 단 한 번만이라도 입장 바꿔 생각해 봤다면 이런 끔찍한 사태는 벌어지지 않았을 텐데…….

떨리는 마음으로 휴대폰을 켰다. 바로 전화가 왔다. 엄마였다.

"왜 이렇게 전화를 안 받아?"

엄마 목소리에 날이 서 있었다.

"너 사실이야?"

"나 아파."

난 엄마의 질문을 회피했다. 결국 엄마도 다 알아버린 걸까? 사면 초가였다.

"지금 아픈 게 문제…… 아, 아니다. 그래, 밥은 먹었어? 약은?"

엄마의 깊은 한숨 소리가 들렸다. 네가 아플 자격이 있어? 하고 버럭 소리를 지를 것 같았는데 뜻밖에도 엄마 목소리는 착 가라앉아 있었다.

"먹었어."

나는 거짓말로 대충 얼버무렸다. 통화는 그걸로 끝났다.

그날 밤, 무심결에 검색창에 '진가인 안티카페'를 입력하고 엔터키를

첬다. 검색 결과 없음. 휴. 한숨과 동시에 띠릭, 문자가 왔다.

12월 17일

P는 엑스보이스 재국 오빠의 사생팬이다.

문구와 책에 온통 재국 오빠 스티커가 붙어 있었다.

한심해서 표 나게 한숨을 쉰 적이 있다.

한번은 지우개가 없어 허락 없이 갖다 썼는데 불같이 화를 냈다.

눈썹이 파르르 떨렸고, 눈빛이 이글이글 불타올랐고,

얼굴에 경련이 일었다.

상상 초월이고 어이 상실이었다.

다음 날, P는 아무 일 없었다는 듯이 행동했다.

P가 좀 무서웠다.

학교엔 휴대폰 공기계를 내고

몰래 자기 휴대폰을 만지는 것도 봤지만 모르는 척했다.

실검 1위, 새라 안티카페.

안티카페라는 말만 들어도 조건 반사처럼 구역질이 나온다.

관련 뉴스 동영상을 보고 설마설마했다.

외나무다리

오사랑 안 궁금해? 오후 8:16

휴대폰을 보니 일반 문자 메시지가 와 있었다. 반장이 보낸 거였다. 집요한 자식. SNS 친구 차단을 해놓으니까 다른 방법으로 보내다니. 설마 안티카페에 접속했을 때 결정적인 장면을 캡처해서 나를 협박하는 건 아니겠지? 혹시 오사랑이 정말 학교를 그만둔 건가? 짧은 순간 오만가지 생각이 다 들었다.

나는 반장의 전화번호를 스팸 번호로 설정해 아예 수신을 거부했다. 그러고는 동경이한테 문자를 보냈다.

오후 8:20 오사랑 학교 그만뒀어? 전학? 자퇴? 뭐야?

누구한테 들었어? 오후 8:26

휴, 오그라들었던 심장이 원래 상태가 되면서 안도의 한숨이 나왔다. 전학이건 자퇴건 오사랑만 학교에서 사라진다면 고민이 싹 달아날 것 같았다. 그 사건은 유야무야 넘어가고 나는 다시 원래의 나로 복귀하고……

> 오후 8:28 **그럼 그건?**

> **뭐?** 오후 8:28

순간 어이가 없었다. 다들 두 다리 쫙 펴고 자고 마음 편히 지내는데 나 혼자만 끙끙 앓고 있었다는 건가? 하기야 내가 판을 깔고 유언비어를 퍼뜨리고 온갖 말로 비방을 했으니까. 하지만 다 같이 한통속이 되어 악플 달고 깔깔댔잖아. 왜 나만 다 뒤집어써야 해?

> 오후 8:30 **안티카페.**

> **그거? 몰라. 아무 말 안 하던데?** 오후 8:30

> 오후 8:31 **부반장은?**

> **걔 말 크게 신경 쓰지 마.**
> **아무도 호응 안 해줌. 지 혼자 ㅈㄹ** 오후 8:40

밤송이를 깔고 엎드린 듯 가슴이 따끔거렸다. 천만다행이다 싶으면서도 자꾸 마음 한 구석이 시려왔다.

다음 날, 나는 일부러 지각했다. 동경이와 예리와 함께 등교하는 게 좀 불편해졌다. 둘도 나와 함께 다니는 게 불편할까? 만약 그렇다면 괜히 눈치 없이 끼이는 건 자존심 상했다. 둘은 오늘도 밀밭 베이커리 앞에서 만나 학교에 갔겠지? 가면서 무슨 말을 했을까? 내 얘기도 했겠지? 내가 이렇게 소심한 애였나? 하는 생각에 또 한숨이 나왔다. 한숨 섞인 입김이 풀풀 날렸다. 눈시울이 뜨거워졌다. 일기예보에는 예년보다 따뜻하다는데 나는 더 쌀쌀하게 느껴졌다. 날은 여전히 뿌옇지만 먼 산이 조금씩 윤곽을 드러냈다.

드르륵, 교실 문을 열었다. 애들이 일제히 나를 처다보았다. 예전 같으면 동경이와 예리가 손을 흔들며 환영했을 텐데, 상황이 상황인지라 나를 몇 초 처다보다가 이내 눈길을 거두었다.

"가인이 왔어? 자꾸 아파서 어떡하니?"

담임 선생님만 유일하게 알은체했다.

"어제 선생님 많이 찾았지? 갑자기 일이 생기는 바람에 어디 갔다 오느라. 동경이한테 얘기 들었어. 잘했다. 질병 조퇴로 처리해 놨어."

나는 고개를 꾸벅 숙이고 내 자리에 앉았다. 새삼 동경이의 마음 씀씀이가 고마웠다. 애들이 수군거리는 것 같았지만 내버려 두었다.

"그건 그렇고 혹시 메……."

"네?"

"아, 아니야. 나중에."

나중에 하려는 얘기가 무엇인지 궁금해 조바심이 났다. 천천히 숨을 내쉬며 무심코 창가 쪽을 보았다. 그런데, 창가 쪽 두 번째 자리에 오사랑이 앉아 있었다. 혹시나 하는 기대감은 무참히 짓밟혔다. 살얼음판은 깨지고 나는 차가운 강에 빠졌다. 숨마저 얼음으로 변하는 느낌이었다. 외나무다리 한가운데에서 진퇴양난의 상황에 처했다.

나는 1교시 수업이 진행되는 내내 오사랑의 뒤통수를 뚫어져라 쳐다보았다. 오사랑은 선생님 말을 하나라도 놓칠세라 공부에 열을 올리고 있었다.

쉬는 시간에 동경이를 화장실로 따로 불렀다. 다짜고짜 궁금한 것부터 물었다.

"오사랑 학교 그만둔 거 아니었어?"

"무슨 말이야?"

동경이가 멍한 표정으로 되물었다.

"니가 그랬잖아."

"아닌데."

나는 아침에 선생님한테 내지 않은 휴대폰을 꺼내 대화창을 확인했다. 어디에도 오사랑이 학교를 그만두었다는 얘기는 없었다. 나는 왜 '누구한테 들었어?'라는 문자를 '(어떻게 알았어? 맞아.) 누구한테 들었어?'로 읽었을까? 안티카페 사건으로부터 한시바삐 도망가고 싶었던 걸까? 그렇게 착각한 뒤 안도의 한숨을 쉬었다는 걸 기억했다. 눈앞이 어질어질했다.

"착각했나 봐. 그만 갈게."

"어…… 그, 그래."

동경이는 풀죽은 목소리로 대답했다. 눈알은 발갛게 충혈되어 있었다. 괜스레 미안했다.

교실 풍경은 별반 달라진 게 없었다. 오사랑은 평소 모습 그대로 이어폰을 낀 채 문제집을 풀었고, 부반장은 무슨 일인지 엎드려 있었다. 어제의 포악했던 모습은 온데간데없었다.

애들이 삼삼오오 모여 웅성대기 시작했다. 나는 책상 위에 엎드린 채 귀를 기울였다.

"근데 그 얘기 들었어?"

"무슨?"

"새라, 발연기한다고 엄청 욕먹었던 애."

"걔가 왜?"

"새벽에 자살했대. 우울증으로. 최근에 안티카페 운영자 고소한다고, 법대로 할 거라고 난리쳤잖아. 어제 뉴스에도 나왔는데. 경찰서에서 조사 받고 있는 카페 운영자하고 회원들 몇 명. 질질 짜고 완전 어이상실. 지금 실검 1위."

온몸에서 수분이 쫙 빠져나가는 기분이었다. 손가락 하나 까딱할 힘도 없었다.

"유서가 발견됐는데, 강력한 처벌을 원한다고. 다시는 악성 댓글로 고통 받는 사람이 없기를 바란다고 쓰여 있었대."

"이 세상에 악플러들은 모두 씨를 말려야 돼."

애들은 얼마 전까지만 해도 오사랑 안티카페에서 악플러로 활약했다는 사실을 까먹은 듯했다. 그건 그렇고 도대체 난 이 난국을 어떻게 타개할까. 내 영혼은 천 길 낭떠러지 위에 세찬 바람에 흔들리며 서 있었다.

그새 잠이 들었었나. 부스스 일어나 기지개를 켰다. 교실이었는데 낯설었다. 특별실 수업인지 애들이 아무도 없었다. 나는 복도로 나갔다. 복도도 텅 비어 있었다. 이 계절에 난데없이 파란 나비 한 마리가 나풀나풀 날아다니고 있었다. 나는 나비가 유인하는 대로 따라갔다. 계단을 밟고 한참 올라가자 옥상으로 통하는 문이 있었다. 늘 잠겨 있던 문은 빠끔 열려 있었고 나는 자연스레 옥상으로 나갔다. 파란 하늘에 구름 몇 덩이. 그리고 옥상 난간에 여자애가 서 있었다. 여자애는 바람에 위태롭게 흔들렸다. 나비는 그쪽으로 날아갔다. 가슴이 쿵쾅거렸다. 그 애가 고개를 돌려 나를 보았다. 오사랑이었다. 나는 소스라치게 놀라며 한달음에 달려갔다. 나는 목이 터져라 소리쳤다.

"야, 오사랑!"

오사랑은 꿈쩍도 하지 않았다. 내 눈에서 눈물이 왈칵 쏟아져 볼을 타고 줄줄 흘러내렸다. 사람의 눈에 이렇게 많은 눈물이 숨겨져 있을 거라고는 생각하지 못했다. 나는 오사랑을 마구 흔들었다. 근데 오히려 내가 흔들리는 기분이었다.

"가인아. 세상에 식은땀 좀 봐."

슬며시 눈을 떴다. 눈앞에 선생님이 서 있었다. 책상 위에 눈물이

160

흥건했다. 나는 물끄러미 창가 쪽을 응시했다. 오사랑이 의미심장한 표정으로 나를 바라보았다.

"너 안 되겠다. 보건실에 잠시 누웠다가 조퇴하자. 어머님한테 연락할게. 동경이하고 예리, 이리 와 부축 좀."

동경이와 예리가 다가왔다. 나를 가운데 두고 동경이와 예리가 팔짱을 꼈다. 아무 말 하지 않아도 푸근하고 좋았다. 순간 울컥했고 목이 메었다. 보건실에서 세수를 하고 거울을 보았다. 얼굴은 퍼석했고, 입술이 쩍쩍 갈라졌고, 눈은 움푹 패어 있었다. 쓰러지듯 침대에 누웠다.

쉬는 시간에 선생님이 보건실로 왔다. 내 손을 잡고 측은한 눈빛으로 한참을 바라보았다. 그 사건에 대해선 일언반구도 없었다.

"아까 하실 말씀……."

"아냐, 나중에. 다 나으면 그때."

다 나으면……. 선생님 말이 따끔하면서도 따뜻했다.

오늘은 단체 여행 하루 전날이라 방과 후에는 여러 가지 주의사항과 안전사고에 대한 안내가 있을 예정이었다. 나는 결국 여행을 못 가게 됐다. 마음도 몸도 몹시 아팠다. 얼굴에 철판 깔고 맘 독하게 먹으면 못 갈 것도 없었지만, 이런 기분으로 가는 건 영 안 내켰다. 나는 어느새 반에서 이유 없이 미운 눈엣가시형 부류에 속하는 애가 된 것 같았다.

보건실에서 나와 화장실에 갔다. 마침 오사랑이 손을 씻고 있었다.

잠깐 마주친 오사랑의 눈빛이 내 목을 조르는 것 같았다.

"나한테 할 말 없니?"

오사랑이 손수건으로 손을 닦으며 물었다. 어떠한 감정도 섞여 있지 않은 말투였다. 어쩌면 하늘이 주신 기회일지 모른다는 생각이 들었다.

"뭐?"

멍청하게 묻고 있는 내 자신이 한심했다. 머리통을 쥐어박고 싶은 심정이었다.

"됐어."

오사랑은 망설이지도 않고 곧장 화장실 문을 열고 나갔다. 나는 급히 뒤를 쫓아가 오사랑을 붙잡았다.

"되긴 뭐가 돼? 말을 왜 하다 말아?"

"넌 왜 이렇게 매사에 그렇게 당당하니?"

"나도 너 때문에 힘들었어."

"나보다?"

오사랑이 그렇게 나오니까 더 이상 할 말이 없었다. 고통의 상대적 편차. 애초에 이건 객관적인 판단이 불가능한 문제였다. 누구나 자신의 고통이 가장 크다고 생각하니까. 나는 멍하니 한참을 서 있었다. 차라리 오사랑이 분이 풀릴 때까지 내 머리끄덩이를 쥐어 잡고 마구 흔드는 게 나을 것 같았다.

"너를 힘들게 하는 건 너 자신이야."

부정할 수 없었다. 정신을 차렸을 때는 오사랑이 사라진 뒤였다. 오사랑이 남긴 마지막 말이 귓가에 맴돌다가 가슴에 내려앉았다.

집으로 돌아왔다. 휴대폰으로 인터넷에 접속했다. '새라 자살'이 실시간 검색어 1위, '새라 우울증'이 2위였다. 생일 케이크에 꽂은 촛불이 후 불기도 전에 피식 꺼지는 느낌이었다. 안티카페와 악플, 그게 한 사람을 죽음으로 몰아넣은 거다. 심장이 요동질을 쳤다. 대체 난 무슨 정신으로 그런 정신 나간 짓을 저질렀을까? 가만히 누워 있어도 현기증이 나는 것 같았다. 세상에 비밀은 없다는 만고불변의 진리와 발 없는 말이 천 리 간다는 조상님들의 말씀을 간과했다. 이제 쉬쉬하고 있던 비밀은 폭로되고 가해자라는 꼬리표는 내 평생을 따라다닐지 모른다. 안티카페 만드는 게 오사랑에 대한 인기와 관심의 일종이니까 괜찮을 거라고 생각했던 건 터무니없는 핑계일 뿐이었다.

밤늦게 엄마가 들어왔다. 나는 엄마가 묻는 말에 시선을 내리깔고 입을 열지 않았다. 엄마는 한숨을 쉬고 내 방에서 나갔다. 엄마는 모든 걸 알고도 모르는 척하는 걸까? 모르겠다. 엄마가 코 푸는 소리가 들렸다. 우는 건가? 나도 다 안다. 엄마가 경제 개념이 좀 없는 아빠 데리고 맞벌이하면서 얼마나 바쁘고 힘들게 사는지. 그 덕분에 내가 돈 걱정 없이 밥 먹고 잠자고 옷도 사고 공부도 하는 거라는 것도. 하지만 아직도 나는 엄마 아빠한테 어리광을 부리고 싶고, 철없는 외동딸이고 싶다. 나도 이 정도밖에 안 되는 내가 마음에 안 든다. 그리고

인정한다. 내가 결혼해서 나 같은 딸을 낳는다면, 생각만으로 골치
아플 거라는 걸. 엄마, 힘들게 해서 미안. 엄마한테는 엄마 인생도 있
는 건데 내가 너무 이기적으로 굴어서. 앓고 났더니 갑자기 훌쩍 큰
것 같다.

12월 18일

샘이 생각 좀 해보았냐고 물어보았다.

샘은 이건 명백히 사이버 폭력이라는

엄중한 사안이고, 대충 넘어갈 일이 아니라고,

조만간 선도위원회를 통해 징계 수위가 결정될 거라고 했다.

가슴이 덜컥 내려앉았다.

J는 모르는 눈치였다.

이 년 선 ㅡ때, 나는 내가 진학 가는 걸로 마무리했다.

진심 어린 사과도 하지 않았다.

기회가 없었다. 있다 해도 지금은 너무 늦었다. 합리화했다.

J가 나 때문에 힘들었다고 고백했을 때,

내 입에선 '나보다?' 이따위 말이 튀어나왔다.

뇌를 거치지 않고 나온 말이었다.

J의 고통과 내 고통.

부피와 무게를 누가 가늠할 수 있을까.

일반화의 오류

토요일 아침, 늦잠을 잤다. 밤새 뒤척이다가 새벽에야 겨우 잠이 든 탓이었다. 창밖을 보니 먼 산과의 가시거리가 꽤 멀어져 있었다.

아점을 먹기 위해 주방으로 가 냄비 뚜껑을 열어보았다. 굴미역국. 갑자기 식욕이 돌았다. 나는 국을 데워 모처럼 밥다운 밥을 먹었다.

엄마는 휴일 아침부터 어디 갔을까? 어제는 일찍 들어오고, 잔소리도 안 하고 일찍 자고……. 설마 오늘이 그날? 맞다. 임용 고사 시험이 있는 날. 근데 이런 중차대한 날에 웬 미역국? 시험에 똑 떨어져 집안 살림이나 신경 쓰기를 바란 적도 있는데, 지금은 헷갈린다. 엄마가 얼마나 많은 걸 포기하고 애썼는지 아니까.

애들한테 문자 한 통 없었다. 의리 없는 것들! 여행이 그렇게 재미있나? 그래도 내가 없어서 재미는 별로겠지? 다 따로따로 놀겠지? 이런 생각을 하며 스스로를 위로했지만 기분이 좋아질 리 없었다. 하나도 안 궁금하다. 절대 안 궁금하다. 바깥엔 바람이 심하게 불었다. 일찍 잠자리에 들었지만 창문 덜컹거리는 소리에 쉽게 잠이 오지 않았다.

그리스 철학자 아리스토텔레스는 인간은 사회적 동물이라고 했다. 인간은 혼자 살 수 없는 존재로 주변 사람들과 다양한 관계를 맺고 그 속에서 끊임없이 자신의 존재 가치를 확인하려 드는 종족이란 뜻이다. 그런데 난 뭐지? 왜 자꾸 외롭지? 왜 내 삶이 위태로울 때 터놓고 얘기할 사람이 없지? 기댈 사람이 없지? 뭐가 잘못됐지? 초등학교 5학년 겨울 방학 때였나. 엄마랑 구청 문화센터에 강연을 들으러 간 적이 있다. 강사로 나온 할아버지는 유명한 시인이라고 했다. 엄마가 봉골레 파스타를 사준다기에 따라나섰지만 사실 별 흥미가 없었다. 그래서 강연 내내 휴대폰 삼매경에 빠져 있었다. 그것도 지겨워졌을 때 잠시 강연에 귀를 기울였다. 때마침 시인 할아버지는 인상 깊은 한마디를 던졌다. 외로우니까 사람이다. 인간은 고독한 존재라는 뜻? 도대체 누구 말이 맞는 걸까. 왜 헷갈리게 이랬다저랬다 하는 걸까. 하지만 난 아리스토텔레스보다 시인 할아버지 말을 믿고 싶었다. 그게 조금이나마 위로가 될 것 같았다.

텔레비전을 틀어놓고 오랜만에 컴퓨터로 인터넷을 했다. 로그인을 하고 메일함을 열었다. 스팸 메일이 그새 수십 건 쌓여 있었다. 일일이 스팸 차단하는 것도 귀찮아서 창을 닫으려고 할 때였다. '가인아, 안녕?'이라는 제목이 눈에 띄었다. 선생님이 보낸 메일이었다. 간이 벌렁거렸다.

가인아.

기다리다가 선생님이 먼저 쓴다.

가인이가 먼저 솔직하게 털어놓았으면 했는데.

썼다가 지우고 또 썼다가 지우고 벌써 몇 번째인지 모르겠다.

음, 선생님은 마음 예쁜 가인이가 왜 그랬을까,

수십 번도 더 생각했어.

누가 무슨 일을 했을 때는 그만한 이유가 있는 거니까.

선생님은 다 알고 있었다는 사실을 확인하자 오히려 마음이 차분해졌다. 코끝이 시큰거렸고 눈이 매웠다.

사랑이가 겉으로 보면 무뚝뚝하고 정이 별로 없는 것 같긴 해, 그치?

이 말은 나에게 조금 위안이 되었다.

근데 그게 사랑이의 전부는 아닐 거야.

가인이가 사랑이의 모든 걸 다 안다고 할 순 없잖아.

그러고 보면 편견이라는 거 참 무서워.

이번 일은 사랑이에게 씻을 수 없는 상처를 줄 수도 있는 일이었어.

사랑이도 대충 알고 있는 것 같더라.

근데 생각보다 담담했어.

선생님이 사랑이한테 어떻게 하면 좋겠냐고 물었는데,

잘 모르겠대. 생각해 보겠대.

선생님이 당사자라면 엄청 화나고 펄펄 뛰었을 것 같아.

그런 걸 만들어 유언비어를 퍼뜨린 애를 꼭 잡아서

합당한 처벌을 받게 했을 것 같고.

요즘 사회문제화 되고 있는 가짜 뉴스랑 뭐가 달라?

사랑이가 용서를 하든 안 하든,

가인아, 네 잘못이 사라지는 건 아니야.

언제 기회 봐서 사랑이한테 정식으로 사과했으면 좋겠어.

그리고 결심하기까지 선생님도 많이 고민했는데, 이것도 엄연히 학교

폭력이고, 눈감아 주고 넘어갈 일은 아닌 것 같아.

그냥 당사자들끼리 잘 해결되면 덮어도 되지 않느냐는

의견도 있었지만 선생님이 반대했어.

아마, 다음주 중에 선도위원회가 열릴 거야.

안티카페에서 활동했던 모든 애들이 대상이 될 거야.

어머님들한테도 연락이 간 걸로 알아.

다른 애들은 아직 몰라.

이번 여행 다녀온 후 이야기하려고.

사실 여행 가는 것도 고민 많이 했어.

이런 상황에 가는 게 맞나 안 맞나.

우리 가인이, 선생님한테 많이 서운하겠다.

이번 일을 계기로 가인이가 좀 더 성숙한 아이가 되길 바라.

몸이 많이 안 좋은 거 보니까 가인이도 마음고생 심했구나 싶어.

얼른 낫길 바랄게.

학교에서 보자, 안녕!

메일을 읽는 내내 얼굴이 홧홧거렸다. 보낸 날짜를 보니 이틀 전이었다. 금요일에 선생님이 말하려고 했던 게 이거였을까?

눈물이 차오르더니 이내 볼을 타고 주르르 흘렀다. 선생님 말 하나 틀린 게 없는데 왜 서운한지. 왜 버림받은 느낌이 드는지. 선생님 말대로 정말 내가 오사랑에 대해 편견을 가지고 있었던 걸까. 문득 며칠 전 반장하고 문자를 주고받던 일이 생각났다. 일반화의 오류. 휴대폰으로 검색해 보니 결국 나무를 보지 말고 숲을 보라는 거였다. 하지만 결코 난 오사랑의 단면만 보고 오사랑을 판단한 게 아니었다. 오사랑이 가진 여러 가지 못생기고 뒤틀리고 뾰족하고 까칠한 나무를 보고 오사랑을 판단한 거였다. 그리고 그건 나만의 판단은 아니었다. 아니 나 편한 대로 그렇게 믿었다. 그게 일반화의 오류라면 오사랑이라는 숲은 생각보다 넓고 깊어서 내가 못 본 아름다운 나무가 어디엔가 심겨져 있다는 말이었다. 어떻든 오류를 범한 건 확실해 보였다.

그나저나 나는 어떤 벌을 받게 될까? 불현듯 그때 일이 떠올랐고 억울한 마음이 치솟았다. 심해에 수장해 두었던 기억들이 수면 위로 떠올랐다. 걷잡을 수 없어 당혹스러웠다.

6학년 1학기 말. 방학을 앞둔 날이었다. 그때 나는 집에서도 학교에서도 학원에서도 외로운 처지였다. 집에 오자마자 침대에 누워 휴대폰을 만지작거리고 있는데, 띠릭 소리가 들렸다. 나는 어느 단톡방에 강제로 초대되었다. 뜻밖에도 초대한 애는 오유리였다. 화해의 메시지일까? 가슴이 두근댔다. 그런데 내가 알고 있는 우리 반 단톡방이 아니었다. 언제부터인가 우리 반 단톡방은 거의 비활성화 상태나 마찬가지였다. 안 그래도 무슨 일이지 의아해하고 있던 차였다. 그런데 알고 보니 나만 쏙 빼고 애들끼리 다른 단톡방을 만들었던 거였다.

나는 어리둥절한 채 실시간으로 올라오는 글들을 읽어나갔다. 대체로 내 험담이었다. 그 애 이야기도 나왔다. 갑자기 명치끝이 찌르르 아파왔다. 기준이. 4월이었을 거다. 아기 속살같이 뽀얗고 곱던 목련 꽃잎이 갈색으로 변하면서 추하게 추락했다. 그때 남자애 한 명이 전학을 왔다. 경기도 파주에 살다가 군인인 아버지를 따라 이곳으로 이사 왔고, 이번이 자그마치 네 번째라며 자기를 소개했다. 호감형이었다. 옷도 잘 입었고 헤어스타일도 괜찮았고 목소리도 좋았다. 우연히 그 애는 내 뒤 빈자리에 앉게 되었는데 생각보다 낯을 많이 가렸다. 내가 먼저 말을 걸었고 악수를 청했고 궁금해 하는 것을 알려주고 특별실과 급식실을 안내해 주었다. 그때부터 기준이는 나만 졸졸 따라다녔다. 여자애들은 삼삼오오 모이기만 하면 기준이 이야기를 했다. 반에서 존재감이 바닥을 향해 가던 나는 어쩐지 기분이 좋았다. 기준이랑 전화번호를 주고받은 뒤 메신저로 대화를 나누고, 우연히 길 가다가 만나면 아이스크림을 사 먹고 시도 때도 없이 떠들고 웃었다. 우린 자연스럽게 절친이 되었고 반 애들은 우리를 커플로 오해하기 시작했다. 기준이는 딱히 부정하지 않았고 나 또한 그게 싫지 않았다. 어느 날 밤, 내가 먼저 작업을 걸었다.

> 우리 오늘부터 1일 할까?

기분 좋게 심장이 두근거렸다. 기다리고 있었던 것처럼 바로 좋다는 답장이 날아왔다. 우리는 기념일을 만들어 선물을 주고받았고, 선생님 눈을 피해 교실에서 손도 잡고 아주 가까이 눈을 맞추고 시시덕거리며 닭살 커플 흉내를 냈다. 오유리와 추종자들이 눈꼴시어하는 걸 진작 눈치챘지만 시기하고 질투하는 마음에 그런 거라고 단정 지었다. 아카시아 꽃이 지고, 넝쿨장미가 한창일 무렵 우리 사이에 균열이 갔다. 기준이가 나를 피하고 있다는 느낌이 들었다. 쉬는 시간만 되면 남자애들하고 우르르 복도로 나갔고, 문자도 씹었다. 동네 공원에서 우연히 만나 손을 잡았을 때 기준이는 손에 힘을 주지 않았다. 나도 힘을 빼자 손이 스르르 풀렸다. 손을 마주잡은 게 아니라 나 혼자 잡고 있었던 거였다. 내가 뭐 잘못한 거 있냐고, 왜 그러느냐고, 물으면 아무것도 아니라고 대답하고는 학원이나 엄마 핑계를 댔다. 설상가상으로 그즈음 롤링페이퍼 사건도 터졌다. 어느 누구도 내 편이 아니었다. 기준이마저도.

롤링페이퍼 사건 역시 그 단톡방에서 사전에 철저하게 계획된 일이었음이 분명했다. 온몸에 열이 확 뻗쳤다. 멘붕 상태에 빠진 내 얼굴을 찍은 사진도 올라왔다. 거기에 대한 조롱하는 말들, 온갖 유언비어, 웃음 이모티콘들, 화려한 스티커들. 그리고 기준이의 문자. 그건 잊히지도 않는다.

> 헐. 진짜 몰랐어. 이런 앤 줄. ㅋㅋ

눈물이 어른거려 사물이 뭉개져 보였다. 더 이상 읽어낼 자신이 없었다. 단톡방을 빠져나가자마자 다시 강제 소환되었다. 오유리가 문자를 찍어 올렸다.

> 그러게 왜 까불어.

다시 급히 단톡방을 빠져나오자 환영과 환청이 나를 괴롭혔다. 끝없이 이어지는 반 애들의 손가락질과 웃음소리. 그건 공포였다. 밤을 꼬박 새우다시피 했고 울다 지쳐 잠이 들었다. 아침에 일어났을 때는 얼굴이 퉁퉁 부어 있었다. 어제 라면 먹고 잤냐는 아빠의 농담에 아무런 대꾸도 하지 않았다. 그날, 하루 종일 교실에서 내가 어떤 기분이었는지 상상도 못할 거다. 독감에 걸려 몇 날 며칠 앓았던 게 신의 연민과 배려처럼 느껴질 정도였다. 선생님한테 전화 한 통 왔을 뿐 반 애들한테는 문자 한 통 없었다. 나는 SNS 친구 목록에 들어가 반 애들을 모두 차단했다. 결석을 밥 먹듯이 하는 사이 누군가의 신고로 단톡방의 존재가 알려지고 나를 무참히 짓밟았던 사실들도 다 까발려졌다. 그때 오유리는 나한테 정식으로 사과하지 않았다. 근데 나는 지금 오사랑한테 사과를 해야 한다. 징계까지 먹어야 한다. 뭐가 이렇게 불공평한 거야. 왜 나만 벌을 받아야 하는 건데?

'너랑 나랑 뭐가 달라?'

오사랑이 묻는 것만 같다. 나는 말문이 막힌다. 애들은 앞으로 어떤 눈빛으로 나를 볼까? 어쩌면 학교에서 내리는 징계보다 애들 눈빛을 감당해야 하는 시간이 더 큰 부담인지 모른다. 아마도 왕따를 당하겠지? 이번에는 내가 전학을 가야 할까? 음울한 생각의 싹들이 뾰족뾰족 고개를 내밀었다. 또 고개를 내미는 생각. 엄만 지금 어떤 심정일까? 그동안 별다른 내색은 없었다. 시험이 임박해서였을까? 엄마는 학기 초에 나를 가르치는 도덕 선생님이 대학교 후배라며 행동거지 특히 조심하라고 신신당부했다. 나는 별 걱정 다한다고 심심하면 코트나 하나 사달라고 했던 기억이 났다. 그랬던 엄마가 선도위원회에 나가 생활지도부 담당인 도덕 선생님과 대면을 해야 한다. 지도교사와 가해자의 엄마로. 아마 엄마 동문들에게 소문이 다 퍼질지 모른다. 딸이 문제아라고, 학교 폭력 주범으로 징계를 받는다고. 엄만 얼마나 수치스러울까.

나는 영양제를 한 알 먹고 대충 설거지를 했다. 그러고는 집 안의 창문을 활짝 열었다. 차가운 바람이 들어와 탁한 공기와 자리를 바꾸었다. 나는 흩어진 물건들을 정리하고 청소기를 돌렸다. 땀을 흘리고 샤워까지 했지만 기분이 나아지진 않았다.

오후 네 시경 엄마가 돌아왔다. 엄마와 시선을 맞추는 게 두려웠다. 심장이 너무 두근거려 아프기까지 했다. 엄마는 나한테 상자와 봉지 하나를 내밀었다. 나는 그걸 거실에 놓아두고 등을 돌렸다. 상자에서 끼깅대는 소리가 들렸다. 고개를 갸웃대며 상자를 열어보았다. 시츄가 초롱초롱한 눈망울로 나를 올려다보며 꼬리를 살랑거리고 있었다.

"엄마……."

"배고플 거야."

화장실에서 나온 엄마는 안방으로 들어가 옷도 안 갈아입고 양말도 안 벗고 침대에 뻗어버렸다. 나는 "다 안다며. 왜 아무 말 안 해?" 하고 엄마한테 묻지 못했다. "소리를 지르든지 때리든지 좀 해." 하고 말하지 못했다.

시츄가 끼깅대며 나를 바라보았다. 그렇게 원했던 시츄인데 맘껏 환영해 주지 못했다. 나는 시츄를 그대로 둔 채 방으로 들어갔다.

금세 날이 어둑해졌다. 잠이 스르르 몰려와 눈을 감았다 떴는데 두 시간이 훌쩍 지나 있었다. 화장실에 가려고 나가자 안방에서 엄마가 통화하는 소리가 들렸다. 통화 내용으로 봐서 상대는 외할머니인 듯했다.

"그럭저럭."

시험에 대해 이야기하는 것 같았다. 엄마가 훌쩍이면서 코를 푸는 소리가 들렸다. 외할머니한테 엄마가 딸이라는 사실이 새삼스러웠다. 나는 엄마가 실컷 울 수 있게 살금살금 내 방으로 들어왔다.

불도 켜지 않고 그대로 침대에 누웠고 또 잠이 왔다. 그리고 다시 깨어난 시간은 밤 아홉 시가 넘어서였다. 집 안은 정적에 싸여 있었고 어렴풋이 엄마 목소리가 들려왔다. 문을 열고 귀를 기울였다.

"나도 생각 많이 했어. 첨엔 너무 화나서 아주 혼구녕을 내주려고 했는데. 시험 때문에 참고 시험 치르느라 참고 하다 보니까 화는 다 가라앉고 나중엔 괜히 눈물 나더라고. 응. 응. 그동안 신경 못 써줘서 미안하기도 하고. 알았어. 누굴 탓해. 우리가 잘못 키운 탓이지. 가인이한테 아는 척하지 마."

엄마가 훌쩍이는 소리가 들렸다. 아빠랑 통화하는 모양이었다.

"여행? 갑자기 웬 여행? 돈 있어? 응. 응. 그렇지. 그럴까? 해도 되지, 뭐. 곧 방학인데. 알아볼게."

엄마는 한동안 응, 응, 소리만 냈다.

"이런 게 전화위복인가. 가인이 사고 안 쳤으면 당신한테 연락할 생각 안 했을 거야. 그러니까. 당신이나 잘해. 앞으로 오해 사는 행동 하지 마. 다신 용서 안 해. 응. 가인이 자. 시간이 몇 신데. 그만 끊어. 응, 자."

전화위복. 정말 그럴까? 또 눈물이 나왔다. 목이 메었다. 엄마 품속으로 뛰어들고 싶은 걸 간신히 참았다.

다시 살금살금 내 방으로 들어가려는데 어디선가 끼깅대는 소리가 들렸다. 맞다. 시츄. 나는 까치발로 달려가 시츄를 내 방으로 데려왔다. 상자 안에는 봉지 하나와 시츄 키우는 법에 대한 안내 종이가 있었다. 나는 밑줄까지 그어가면서 꼼꼼히 읽어보았다. 봉지 안에는 시츄 사료가 들어 있었다.

"배고팠쪄? 언니가 밥 챙겨줄게. 잠깐만 기다려."

정에 굶주린 건지 시츄는 처음 만난 나를 경계하지 않았다. 꼬리를 살랑대며 사료를 아주 맛나게 먹었다. 보는 것만으로도 배가 불렀다. 신기하게도 정말 그 순간만큼은 마음이 고요했다.

나는 시츄한테 이름부터 지어주기로 했다. 평생 불러줄 이름이니까 신중하게. 초롱이? 초코? 내가 진씨니까 진달래? 진주? 아, 생각났다. '엄지척'의 엄지, 썸? 썸 좋다.

나는 썸의 머리를 묶어주고, 털을 쓰다듬고, 배를 간질이면서 놀았다. 썸은 가끔 끼깅댈 뿐 대체로 내 손에 몸을 맡겼다. 시간 가는 줄도 몰랐다. 난 휴대폰으로 썸의 모습을 찍었다. 그 사진으로 SNS 프로필 사진도 바꾸었다. 그러다가 동경이와 예리의 프로필 사진을 보았다. 마치 짜기라도 한 듯 같은 사진이었다. 지난 봄, 머리에 벚꽃을 꽂고 양손을 볼에 대고 활짝 웃으며 찍은 사진. 순간 눈물이 핑 돌았다. 나는 동경이, 예리와 함께 있는 대화방에 문자를 찍었다.

> 아주 신났지? 문자 한 통 없고!
>
> 2 오후 10:01 우리의 우정이 이것밖에 안 됐니?

무척 화난 모습의 이모티콘도 함께 보냈다. 한참을 기다려도 수신
확인이 안 된 상태였다. 알림 소리 때문에 잠에서 깨어난 건 자정 무
렵이었다.

> 동경이가 너 아픈데
>
> 여행 이야기 꺼내면 더 열 받을 거라고. ㅜㅜ 오후 11:49 1

예리의 뾰로통하게 입술을 내민 표정이 생각났다. 그럴 때면 예리
는 엄청 귀여운데.

> 지가 먼저 그랬으면서. 억울. 오후 11:50

동경이었다. 억울할 때 코가 벌렁벌렁하는 모습이 떠올라 피식 웃
음이 나왔다. 지금이라도 당장 오프라인에서 만나 폭풍 수다를 떨고
싶었다.

> 오후 11:51 됐다, 이것들아.
>
> 대신 선물 샀어. 기대해. 완전 귀염 뿜뿜. ㅎㅎ 오후 11:52

> 난 용돈 절반을 투자했다는 건 안 비밀. ㅋ 오후 11:52

결국 뺨에 눈물이 주르륵 흘렀다. 뻑뻑했던 눈알이 한층 부드러워
졌다. 세상이 한 꺼풀 허물을 벗은 느낌이었다. 마음속에 발령되었던
초미세먼지 경보 상태가 해제될 징조였다.

> 참참참! 대박 뉴스! 핵폭탄급! 오후 11:53

예리가 호들갑을 떨며 급히 딴 얘기로 넘어갔다.

> 부반장 경찰 조사 받았대. 오후 11:54
> 실화임? 오후 11:54

동경이가 말을 받자마자 둘은 초고속으로 대화를 이어나갔다.

> 새라 안티카페 운영자하고 악플 단 사람들 고소당하고
> 그랬잖아. 거기 박미라도 끼어 있었다는 사실. 오후 11:55
> 멘붕! 오후 11:55
> 우리 오빠 나름 기자잖아. 마침 그 사건 취재하다가 보니
> 까 가해자 명단에 우리 학교 중2가 있었다는 거. 오후 11:56
> 누구냐고 물었더니, 박미라! 오후 11:56

> 소오오름!!! 그때 재국 오빠람 스캔들 때
> 새라 목 걸나 했잖아. 오후 11:57
>
> 이제 박미라 어쩔? 오후 11:57
>
> 근데 그 정신에 여행은 또 옴. ㅋ 미친 거 아님? 오후 11:58
>
> 우리가 모를 거로 알겠지. 오후 11:58
>
> 가인아, 진가인? 왜 아무 말 안 해? 오후 11:59

나는 딱히 할 말이 떠오르지 않아 깜짝 놀라는 표정의 이모티콘만 투척했다.

> **그뿐만이 아님. 오늘 오사람 박미라 막장 대혈전!** 오전 12:00

그다지 궁금하지 않았지만 예의상 궁금한 표정의 이모티콘. 문득 안티카페 같은 건 영원히 사라지지 않을 거라는 생각이 들었다. 그건 형태와 방식을 달리하면서 비웃듯이 범람하고 있고 거기에선 입에 담기조차 힘든 욕설이 난무하고 있었다. 사촌이 땅을 사면 배가 아픈 민족의 후예답게 자기보다 잘난 것들은 자연스럽게 공격의 대상이 되었다. 그런 곳에서 배설하고 나면 속이 시원할까. 내 경험에 의하면 그 오물을 고스란히 뒤집어쓰는 건 바로 자신이었다. 바보같이 누워서 침 뱉기를 하고 있었다니. 다시 휴대폰을 보니 그새 대화창에 불이 나 있었다.

오사랑이 갑자기 재채기하는 바람에

들고 있던 우유 부반장 점퍼에 쏟음. 오전 12:02

둘이 머리 잡고 싸우고 완전 막장. 오전 12:02

오사랑 코피 터지고 박미라는 머리칼 엄청 뽑힘. 오전 12:03

부반장 진짜 뒤끝 작렬! 버스 안에서 부반장이 반톡으로

오사랑 신상털이. 애들은 다들 뭐지? 하는 표정. 오전 12:03

오사랑은 혼자 이어폰 끼고 있고. 오전 12:03

오사랑 엄마 아빠 이혼! 심했지?

그게 다가 아님.

우리 학교 전학 오기 전 대형사고 쳤대.

일진이었다는 소문도.

찐따를 엄청 괴롭혔대. 오전 12:04

오사랑 엄마, 오사랑 유학 보내려고 하다가 오사랑 가출!

나중에 다신 사고 안 치고 공부만 하겠다고

맹세하고 전학 온 거래.

우리 학교로. 완벽주의자 오사랑 이제 어쩔? 오전 12:05

돈 엄청 깨졌대. 오전 12:05

어떻게 아는 거? 오전 12:06

그냥 뭐… 그만하자.

부반장이랑 동급 되는 것 같음. 오전 12:07

예리가 대화를 주도했고 동경이는 추임새를 넣는 정도였다. 그러다
가 동경이의 제지로 대화가 일시 정지했다. 대화창을 보니 내가 아
는 사실과 다른 것도 같은 것도 있었다. 소문이란 근거 없는 곁가지가
자꾸자꾸 붙는 속성이 있는 법이었다. 그러면서 진실을 왜곡하고 나
중에는 그게 진실로 둔갑하는. 오사랑 안티카페를 운영하며 깨달은
거였다. 나는 굳이 정정하지 않았다. 휴대폰을 놓고 커튼을 걷고 창
문을 연 다음 밤하늘을 바라보았다. 반달이 밝게 빛났다. 하늘을 바
라보는 게 부끄러웠다. 아무래도 내가 마무리해야 할 것 같았다.

> 이혼이 뭐 어때서?
> 안 맞는 사람끼리 참고 평생 계속 살아야 돼?
> 오전 12:10 그건 모두를 불행하게 만드는 일이라고 생각함.
> 그건 그럼다. 오전 12:10

동경이가 내 의견에 동조했다.

> 난 독신주의자. 평생 엄마 아빠랑 살래. 오전 12:11

예리는 또 철없는 티를 냈다. 어쨌거나 동경이와 예리는 내 기분을
맞춰주기로 모의한 것 같았다. 둘은 선도위원회에 회부된다는 이야기
를 들으면 어떤 기분일까. 겨우 화기애애해졌는데 찬물을 끼얹는 거

면? 만약 내가 동경이나 예리 입장이라면? 알고 있는 게 좋지 않을까.

> 너희 둘 징계 받을 거야.
>
> 오전 12:13 물론 나도. 미안. 나 때문에 괜히.
>
> 그게 어떻게 너 때문이냐? 같이 한 건데. 오전 12:14
>
> 맞아. 그 점돈 각오하고 있음. 오전 12:14

조금의 틈도 두지 않고 동경이가 문자를 찍었고 예리가 맞장구를
쳤다.

> 오전 12:15 월욜, 밀밭 앞에서 봐.

나는 마지막 문자를 찍고 휴대폰을 닫았다. 피식 웃음이 나왔다.
좀 전에 주고받았던 문자들이 머릿속에 둥둥 떠다녔다. 문득 얼마 전
에 텔레비전 뉴스에서 본 장면이 떠올랐다. 파란색 리본 모양의 머리
핀을 한 여중생의 인터뷰. 파란색 리본 핀은 박미라가 두 개 사서 오
사랑과 나눠 가진 거였다. 오사랑은 안 하고 다녔지만.

안티카페, 왕싸가지, 재수탱이, 이중 아니 다중 인격자, 카멜레온,
악성 댓글……. 여러 단어 조각들이 머릿속에서 흩어졌다가 퍼즐 맞
추듯 결합하고 있었다. 이 단어들을 다 합치면 정답으로 오사랑이
나올까? 박미라가 나올까? 내가 나올까?

다시 밤하늘의 반달을 바라보았다. 달도 답을 모르는지 나를 바라보기만 했다. 아니 포근한 빛살을 뿌려 나를 어루만져 주었다. 문득 언젠가 어깨를 움츠린 채 터덜터덜 걷던 오사랑의 모습이 떠올랐다. 오사랑도 사실은 외로웠던 거다. 어느 시인의 말처럼 정말 외로우니까 사람이라면 누구나 다 외로움을 겪는다는 말이다. 왜 세상에 나만 그럴 거라고 착각했을까. 나는 삶의 무게에 짓눌려 있었다. 고작 중2 따위가 삶의 무게가 어떻고 고독이 어떻고 하면 비웃을지 모른다. 누구는 팔자 편한 소리 하고 있다고 핀잔을 줄지 모른다. 하지만 중2도 엄연히 똑같은 시공에서 현실을 살아가고 있고, 어른들과 비교할 수 없는 고통을 겪으며 살고 있다. 고통은 상대적인 거니까 충분히 말이 된다. 하지만 향기는 고통 속에서 피어나는 법이라고 했다. 외롭고 그래서 괴로운 시간이 끝난 뒤 나한테 향기가 날지 악취가 날지는 지금 이 시간을 어떻게 보내는지에 달려 있다. 오랜만에 영양가 있는 생각을 한 것 같아 깜깜하던 머릿속에서 숱한 별이 반짝였다.

> **똑똑!** 오전 1:00

새벽 1시. 동경이었다.

> 오전 1:00 **?**

> **말할까 말까 고민만 백만 번.** 오전 1:01

엄마 아빠 말 잘 듣는 착한 어린이처럼 밤 9시면 잠이 온다는 애였다. 근데 무엇이 동경이를 이토록 애타게 만드는 걸까?

> 오전 1:01 ?
>
> 나야. 샘한테 오사람 안티카페에 대해 말한 거. 오전 1:02

순간 몸을 구성하는 모든 회로가 차단되고 암전된 기분이었다.

> 나 오사람 이종사촌이야.
>
> 미안해. 숨겨서. 솔직히 끝까지
>
> 비밀로 하고 싶었어. 오전 1:04

두 번째 충격이었다.

> 우리 엄마 은근 이모한테 자격지심 있어.
>
> 그래서 어릴 때부터 사람이랑 비교당하고 살았어.
>
> 시험 성적만 나오면 엄만 저기압.
>
> 그럴수록 오사람이 미웠어.
>
> 집안 행사에 가면 오사람은 주인공, 나는 투명인간.
>
> 오사람 안티카페 만들었을 때
>
> 내가 제일 기뻐했는지도 몰라.

그래서 유언비어를 퍼뜨리고 악플도 무지 달고. 오전 1:10

근데 갑자기 덜컥 겁이 나는 거야.

미우나 고우나 이모 딸인데.

게다가 걔네 집 요즘 좀 복잡했거든.

엄마한테 들켜서 카페 탈퇴했다는 건 궁색한 변명. 오전 1:11

진실을 말하고 싶었는데 용기가 안 났어.

이렇게 말하고 나니까 후련하다.

그동안 나 정말 가슴에 바윗돌 얹힌 기분. 오전 1:13

가인이 너 안티카페 얘기할 때마다

너무 흥분되어 있고 눈빛도 좀 무서웠어. 오전 1:14

그리고 샘 귀에 들어가는 것도 시간문제잖아.

그럴 바에야 차라리

샘의 도움을 받는 게 낫겠다 싶었어. 오전 1:17

정말 정말 미안, 가인아.

너한테 귀띔이라도 하는 게 맞는데. 오전 1:18

내가 어떻게 하면…… 좋을까? 오전 1:19

가인아, 우리…… 베프 맞지? 오전 1:21

충격에 이은 충격의 반작용 탓인지 나는 생각보다 담담했다. 요동
치던 심장도 점점 잦아들었다. 동경이가 지금 이 순간 얼마나 가슴이
두근댈지 알고도 남았다. 답을 안 준다면 뜬눈으로 밤을 새울 거다.

울어서 눈이 퉁퉁 부을지도 모른다. 그동안 수상쩍었던 동경이의 모습들과 의미심장했던 말들이 떠올랐다. 동경이 입장에서 충분히 그럴 수 있다. 그리고 사실 난 용서할 입장도 못 된다. 누구나 밝히고 싶지 않은 비밀은 있고 나 역시 그렇다. 어떤 문자를 찍을까 적잖이 고민됐다. 쿨하게 보이고 싶은데. 이 시점에서 나도 큰 거 하나 투척해야 하나? 좋아, 뭐 될 대로 되라지.

> 우리 엄마 아빠 중년의 위기. 이혼할지도.
>
> 오전 1:26 이거면 됐지? 우리 쌤쌤임.
>
> 고마워. ㅠㅠ 오전 1:27

동경아, 나도 미안하고 고마워.

잠이 오지 않았다. 아직 해결해야 할 일이 있었다. 그래, 선생님 당부대로 사과하는 거다. 선도위원회가 열리면 반성하고 벌도 달게 받는 거다. 고민하는 것도 지쳤다. 미움 받을 배짱, 까짓것 그것도 만들지 뭐. 일단 오사랑한테 사과 작전 1단계로 문자를 보내야겠다. 질질 끌지 말고 잔머리 굴리지도 말고 돌직구로 나가자.

> 오전 1:50 오사랑. 나 진가인. 변명하지 않을게. 미안. 잘못했어.

내친김에 오사랑한테 문자를 보냈다. 공은 오사랑한테 넘어갔다.

이제 오사랑이 고민할 차례였다. 생각보다 후련했다.

다음 날 아침, 눈을 뜨자마자 휴대폰을 확인했다. 오사랑은 답문이 없었고, 아빠한테 문자가 와 있었다. 보고 싶다는 내용의 평범한 문자였다. 엄마의 부탁 때문인지 아빠도 그 사건에 대해 입에 올리지 않았다. 보고 싶고 고맙다고 문자를 보냈다.

갑자기 온몸이 근질근질했다. 화장실로 가 샤워를 했다. 김을 닦고 거울을 봤다. 나를 이렇게 들여다본 적이 언제였더라. 이제 나는 원래의 나로 돌아가지 못한다. 이미 원래의 내가 아니니까. 마음이 바뀌니 외모도 좀 바뀐 것 같다. 그런 내 모습이 낯설지만 점점 좋아하게 될 거다, 좋아하게 될 거다, 주문을 건다.

슬금슬금 주방으로 가니 엄마가 콧노래를 부르며 달걀찜을 만들고 있었다. 가만두면 제자리를 찾을 건데 뭐 하러 그렇게 안절부절못하고 조급하게 굴었는지 모르겠다. 결국 감정 소모만 하고. 엄마와도 해결해야 할 문제가 많다. 지금은 급한 불부터 끄고.

"먹고 싶은 거 없어?"

엄마가 뭐든 말만 하면 다 해줄 것 같은 얼굴로 말했다.

"웬일?"

"사줄게."

그럴 줄 알았다.

"엄마가 여유가 좀 생기긴 했지만 그래도 앞으로 계속⋯⋯."

또 잔소리, 잔소리! 병이 다시 도질 것 같았다.

"쫌!"

나는 있는 대로 성질을 냈다.

"말 나온 김에 한마디만 더! 너 학원……."

"쫌! 쫌! 쫌!"

어젯밤 엄마가 너무 고마워서 앞으로 말썽 안 부리고 말 잘 듣겠다고 다짐했는데, 습관은 무섭다.

"기집애. 목소리 들으니까 살아났네, 살아났어."

엄마는 참 오랜만에 호탕하게 웃었다. 나도 피식피식 콧방귀처럼 웃음이 삐쳐 나왔다. 달걀찜은 좀 짰다. 하지만 잠자코 먹었다. 화해의 선물에 대한 1단계 보답이었다. 2단계 선물로는 갱년기에 좋은 게 뭐가 있을지 고민 중이다. 그리고 아빠가 깊이 반성하고 돌아온다는 전제 하에 가족여행을 추진할 거다. 그게 3단계 선물이다. 얼마 전 엄마 아빠의 통화를 엿들은 결과 성사될 가능성이 높다.

"엄마랑 같이 가."

가방을 메고 현관문을 나서자 엄마가 뒤따라오며 말했다.

우린 아무 말 없이 엘리베이터를 탔다. 거울을 보고 콧등에 붙어 있는 각질을 뗐다. 10층에서 유치원 가방을 멘 꼬마와 엄마가 탔다. 한 달 전부터 인테리어 공사가 있었는데 새로 이사 온 것 같았다. 근데 꼬마가 엘리베이터 버튼을 층마다 다 눌러댔다. 그러거나 말거나 꼬마 엄마는 휴대폰에 푹 빠져 있었다.

"아가, 아줌마 바쁘니까 그러지 마. 그거 다 누르면 안 돼요."

엄마가 오늘만큼은 윤리 교사다웠다.

"싫어! 그리고 나 아가 아냐!"

꼬마는 바락 소리를 지르며 자기 엄마의 치맛자락을 흔들었다. 아줌마는 사과 한마디 없었다.

"아줌마, 애 그렇게 오냐오냐 키우면 버르장머리만 나빠져요. 제가 산증인이에요."

난 꼬마가 눌렀던 버튼을 다시 신경질적으로 누르며 말했다. 엄마가 그만하라고 눈치를 줬지만 이미 엎질러진 물이었다. 애 엄마는 기가 막힌다는 표정을 지으며 입을 씰룩였다.

"엘리베이터 전세 낸 거 아니잖아요."

때마침 엘리베이터는 1층에 도착했다. 나는 꼬마의 머리를 비비고는 후닥닥 달려갔다.

"너 왜 그래? 남사스럽게."

엄마가 뒤쫓아 와서는 속삭이듯 말했다.

"애가 공중도덕 개념이 없잖아."

"너는?"

"난 뭐 난 엄마한테 어릴 때부터 워낙 교육을 잘 받아서."

엄마가 눈을 흘기며 옆구리를 꼬집었다.

"아파!"

엄마가 주차장으로 안 가고 계속 나를 따라왔다.

"차는?"

"걸어서 30분밖에 안 걸려. 이제 걸어갈 거야. 살도 빼고 건강해지고. 일석이조. 뛰자."

엄마가 내 손을 잡고 왕복 4차선 도로인데도 무단 횡단을 했다. 아까 윤리 교사답다는 말 취소. 근데 난 어쩐지 이런 엄마가 더 인간적이고 좋았다. 배가 든든해서 그런지 얼굴에 부딪치는 찬바람도 시원하게 느껴졌다.

수업 시간에 들은 말인데 '넛지 효과'라는 말이 있다. 넛지(Nudge)라는 말은 '팔꿈치로 살짝 쿡 찌르다'라는 뜻인데, '강압하지 않고 부드러운 개입으로 사람들이 더 좋은 선택을 할 수 있도록 유도하는 방법'이라고 한다. 아마 엄마가 생활지도부장이나 된 것처럼 시시비비를 따지고 야단치고 꼼짝 못 하게 코너로 몰아붙였으면 난 어땠을까. 생각만으로도 몸서리가 쳐졌다. 만약 그랬다면 잘못을 인정하면서도 엄마에 대한 배신감과 원한이 깊이 사무쳤을 거다. 그냥 믿고 넘어가 준 엄마가 새삼 고마워 나는 엄마의 뒷모습을 한참 바라보았다.

밀밭 베이커리로 갔다. 동경이와 예리가 발을 동동 구르면서 나를 기다리고 있었다. 나는 새침하게 다가갔다. 우리는 서로를 바라보고 동시에 웃음을 빵 터뜨렸다. 주위를 둘러보니 구석구석 하얗게 서리가 내려앉아 있었다. 서리는 아침햇살을 받아 보석처럼 반짝거렸다. 문득 서리꽃처럼 반짝반짝 빛나는 겨울 방학을 보내고 싶다는 생각이 간절했다.

나는 밀밭 베이커리에 들어가 거금을 들여 초콜릿을 샀다. 초콜릿

속의 페닐에틸아민이라고 하는 성분이 이번만큼은 오사랑의 기분을 좋게 만들어주길 바라면서.

나는 가방에서 포스트잇을 꺼내 짤막한 편지를 썼다.

오사랑!
문자 봤지?
이따 만나.
수업 끝나고 밀밭 베이커리 앞에서.
안 만나주면 계속 귀찮게 할 거야.
-구제 불능 진가인

그러고는 초콜릿에 포스트잇을 붙이고 아줌마한테 포장을 부탁했다. 오사랑은 내 말을 듣지 않고는 못 배길 거다. 공부 방해 받는 걸 알레르기처럼 생각하니까.

"뭘 포장까지?"

예리가 방실거리며 김칫국을 먹었다.

"니들 거 아니거든!"

"그럼?"

예리가 입술을 삐죽대며 토라진 척했다.

"비밀."

동경이와 예리가 눈을 흘기며 자기들끼리 속닥댔다. 나는 혀를 날름 내밀며 둘 사이를 파고들었다.

교실에 들어서니 오사랑은 이어폰을 꽂은 채 공부에 몰두하고 있었다. 박미라 자리는 비어 있었다. 배터리가 방전되어 갑자기 먹통이 된 휴대폰 액정처럼 마음이 어두워졌다. 난 애써 태연한 척 오사랑 옆을 지나치면서 책상 위에 초콜릿을 슬쩍 올려두었다.

"왜 박미라 학교 안 나와요?"

선생님이 교실에 들어오자 동경이는 모두가 궁금해 하는 걸 물어보았다.

"보호자 동의 체험학습."

선생님은 우리한테 눈길도 안 주고 간결하게 대답했다. 애들은 "헐." 하고 낮은 목소리로 말했다.

"다 알아요!"

맨 뒷자리에 앉은 남자애가 말했다.

"뭘 안다는 거니? 쓸데없는 얘기 하지 말고 책이나 펴!"

우리는 선생님의 칼 같은 말에 아무도 입을 못 뗐다.

박미라한테 동병상련 같은 게 느껴졌다. 어디서 읽었더라. 기억이 가물가물하지만 '다른 사람의 불행 앞에서 행복한 것은 수치'라는 어느 철학자의 말이 생각났다. 나는 박미라가 고소하다는 생각보다 어떻게든 잘 이겨내서 하루 빨리 학교에 나왔으면 하는 바람이 컸다. 박미라가 학교에 오면 "안녕?" 하고 웃으며 인사하고 싶다. 박미라가 똥 씹은 표정으로 대꾸를 하든 안 하든, 이건 진심이다.

12월 21일

J가 초콜릿과 쪽지를 주었다.

나는 준비가 되어 있지 않았다.

2년이라는 시간이 아득하게 느껴졌다.

그때 난 질풍노도의 시기였다.

비겁하게 모든 걸 사춘기 탓으로 돌리려는 건 아니다.

어쨌든 세상이 엿 같았고, 사람들의 말이 다 시비로 들렸고,

나는 자꾸만 삐뚤어졌다.

그러던 중 J가 내 레이더망에 걸려들었다.

J는 안하무인이었고, 자기가 제일 잘난 줄 알았고,

잘난 척 예쁜 척 멋진 척 고상한 척 등 온갖 척은 다했다.

아니, 내 눈에 그렇게 비쳤다.

떽떽거리는 말투도 듣기 싫었다.

점점 꼴도 보기 싫었고 한 공간에서 숨 쉬는 것조차

견디기 힘들었다.

소위 날라리 애들과 어울려 다니며 돈과 말발로 환심을 사고

걔들을 구워삶은 뒤 작전에 돌입했다.

나는 J가 추락할 때까지 사사건건 꼬투리를 잡았고

노골적으로 괴롭혔다.

그때 당하기만 했던 J 심정은 어땠을까?

나중에 J가 나를 따로 불러 "그만하면 안 돼?" 하고 말했을 때

나는 "그러게 왜 나를 건드려? 감당도 못하는 주제에." 하고
코웃음을 날렸다.

사과의 선물로 내민 선물은 쓰레기통에 집어던졌다.

선물이 뭐였는지는 알 길이 없다.

전학 온 남자애가 J한테 호감을 보인 것도 눈에 거슬렸다.

난 걔한테 1도 관심도 없으면서 친절을 베풀었고 점점
가까워지자 J와 이간질을 시켰다.

J만 빼고 단톡방을 만든 뒤 J를 아예 생매장시켰다.

수법은 점점 악랄해졌고, J가 학교 나오는 게 두려워질 때까지
지속적으로 괴롭혔다.

꼬리가 길면 잡히는 법이라는 걸 간과했다.

우리를 지켜보던 수많은 애들 중 누군가가 폭로했고,

일이 커지기 전에 내가 전학 가는 쪽으로 일단락이 됐다.

그 사건과 대면하는 게 괴로워 덮고 피하려고만 했다.

중학교 입학 후에도 질풍노도는 가라앉지 않았다.

안 만나주면 계속 귀찮게 할 거라는 진가인의 말에 눈시울이
뜨거워진다.

사실 구제 불능은 나였다.

너무 늦었지만 진가인에게 사과하고 싶다.

받아줄까?

지금 하늘 회색

조회 시간이 끝나고 선생님은 나를 따로 불렀다. 교무실 옆 상담실로 가니 선생님이 초코라테를 타서 내밀었다. 그러고는 따스한 미소로 나를 지그시 바라보았다. 나는 시선을 피하고 고개를 떨구었다.

"마셔."

혀끝에 감도는 초코라테는 따끈하고 부드럽고 달콤했다. 선생님은 한참 뜸을 들이더니 어렵게 말문을 열었다.

"괜찮아. 누구나 그런 실수할 수 있어. 선생님은 예전에 남의 물건에 손댄 적도 있어."

나는 눈을 휘둥그레 뜨고 선생님을 바라보았다.

"정말이야. 근데 잘못을 방치하면 더 큰 잘못을 저지르게 되더라. 고통스럽지만 아픈 부위를 도려내는 수술이 필요해."

선생님은 불우했던 어린 시절, 방황했던 청소년 시절의 치부를 담담하게 이야기했다. 그러고는 선생님이 되기까지의 과정을 허심탄회하게 털어놓았다. 나라면 쉽게 하지 못할 이야기였다. 선생님이 해준 괜찮다는 말, 그럴 수 있다는 말은 적잖이 위로가 되었다.

"아마 가인이 상점 받은 것도 꽤 있고 하니까 교내 봉사 5일 정도로 징계 결정될 거야. 다른 애들은 3일 정도."

나는 입술을 깨물며 고개를 숙였다.

"괜찮지?"

나는 고개를 숙인 채 고개를 끄덕였다.

"선생님 비밀 이야기는 쉿!"

선생님이 내 어깨를 가볍게 두드려주었다. 울음이 나오려고 해서 나는 입술을 더 세게 깨물었다.

3교시는 담임 선생님 수업 시간이었다. 선생님은 종치기 5분 전에 "주목!" 하고 외쳤다.

"2학기 초에 학급 문집 만드는 거 투표했지? 찬성이 1표 더 많아서 하기로 했잖아. 이번 겨울 방학 때 그동안 수행평가 과제 모은 거하고, 학교 행사 때마다 찍은 사진하고, 우리 반 단체 여행 때 찍은 사진, 소감문 수합해서 학급 문집 만들 건데. 그 전에 설문 조사도 몇 개 해야 하고. 도와줄 사람?"

선생님 말에 애들은 대부분 묵묵부답이거나 딴전을 부렸다.

"이런 식으로 나오면 곤란한데. 학급 문집 갖고는 싶고, 도와주기는 귀찮고? 이거 이거 무슨 심보야?"

나는 가슴이 두근 반 세근 반 뛰었다. 예전 같으면 손을 번쩍 들고 다른 애들도 추천했겠지만, 지금은 그때랑 상황이 달랐다.

"가인이 안 도와줄래? 너 없음 안 될 것 같은데."

"네……, 할게요."

나는 마지못해 수락한 것처럼 조심스럽게 대답했다. 내 말이 떨어지기가 무섭게 동경이와 예리도 손을 번쩍 들었다. 선생님이 빙그레 웃으며 '엄지척'을 해주었다.

"반장 부반장은 당연히 도와야 되고! 오사랑도 도와줬으면 좋겠는데. 그건 이따가 따로 얘기하기로 하고."

우거지상으로 변하는 반장의 얼굴, 멍 때리는 오사랑의 얼굴이 볼만했다. 때마침 마치는 종소리가 들렸다. 어쩐지 평생 못 잊을 겨울 방학이 될 것 같았다.

한 시간 한 시간이 참 더디게 흘러갔다. 나는 동경이와 예리와 이야기하고 밥을 먹으면서도 신경은 온통 오사랑한테 가 있었다. 오사랑은 아주 가끔 스트레칭을 했지만 거의 움직이지 않고 공부만 했다. 공부를 억지로 하는 게 아니라, 공부와 사랑에 빠진 게 아닐까 하는 생각까지 들었다.

드디어, 수업이 모두 끝났다. 나는 곧장 밀밭 베이커리로 갔다. 어떤 말로 인사하지? 그래, 제일 무난한 걸로.

"안녕?"

나는 씩 웃으면서 손을 흔들어보았다. 지나가는 사람이 이상한 눈

초리로 힐끗 쳐다보는 통에 낯이 달아올랐다. 맛이 살짝 간 애로 생각했을 거다.

겨울치고는 햇살이 눈부시고 따사로웠다. 눈을 감고 해를 바라보았다. 세상이 온통 발간색이었다. 기분이 좋았다. 귓가를 스쳐 지나는 바람 느낌도 좋았다. 마음을 휘감고 있는 악성 바이러스들이 햇볕과 바람에 바싹 마르고 소독되는 기분이었다.

삼십 분이 흘렀지만 오사랑은 깜깜무소식이었다. 그때 반장이 자전거를 타고 다가왔다. 반장은 나를 빤히 쳐다보며 지나갔다. 그러면서 씩 웃는데 또 덧니가 보였다. 저게 무슨 의미인지 생각하느라 난 잠시 어리둥절했다. 잠깐, 방금 반장 입술 옆에 새까만 점. 엑스보이스 혁찬 오빠도 입술 옆에도 점이 있는데. 그동안 왜 못 봤지? 덧니만 보였을 때 1초 혁찬 오빠였다면 이젠 한 5초 혁찬 오빠는 될 것 같았다. 심장이 고장 난 듯 쿵쿵 뛰었다. 나는 머리를 흔들고 오사랑한테 문자를 보냈다.

오후 3:50 **약속 잊었어?**

답이 없었다. 예쁘게 봐줄 수가 없다. 그치만 지은 죄가 있으니 내가 참는 수밖에. 그런데 또 삼십 분이 지나도록 문자 한 통이 없었다. 좋아. 경고한 대로 계속 귀찮게 하지 뭐.

나는 기다리기를 포기하고 발걸음을 옮겼다. 오 분쯤 걸어가자 문자가 왔다. 오사랑이었다.

어디? 오후 4:28

오후 4:30 **나 한 시간 기다렸어.**

몇 시에 만나자고 안 그랬잖아.

그냥 수업 끝나고 보자며. 오후 4:32

그러고 보니 그랬다. 실수였다. 내가 그렇게 생각하니까 남도 당연히 그렇게 생각하겠지, 이런 사고방식은 뜯어고쳐야 한다.

오후 4:33 **기다려.**

나 시간 없어. 오후 4:33

예전 같으면 됐다고, 꺼지라고, 말하고 내 갈 길을 가고도 남았다. 하지만 지금 운명의 공은 오사랑이 쥐고 있다. 뺑 차든, 빵 터뜨리든, 무시하든 그건 오사랑 마음이다. 나는 추운 날 땀이 날 정도로 달음박질쳤다. 밀밭 베이커리 앞에 오사랑이 멍청하게 서 있었다.

"오래 기다렸어?"

"좀."

내가 기다린 거에 비하면 새 발의 피면서 생색내는 꼴이라니.

"초콜릿은?"

"박미라 줬어."

오사링한테 준 이상 그건 오사랑 거니까 내가 이래라 저래라 간섭할 건 아니었지만, 그래도 약간은 기분 나쁘고 서운했다.

"체험학습 갔다며? 거짓말이었어?"

오사랑은 인정도 부정도 하지 않았다.

"박미라 뭐 해?"

"그거 물어보려고 바쁜 사람 불러냈어?"

"아니."

"용건만 말해."

오사랑의 말은 간결했다. 그러거나 말거나 나는 계속 말을 붙였다.

"그 이어폰은 좀 빼고 말할 수 없니?"

"다 들려."

나는 인간적인 예의에 대해 한바탕 잔소리를 늘어놓으려다가 포기했다. 근데 세상이 이런 일이. 오사랑은 한쪽 이어폰을 뺐다.

"들어가자."

"그냥 여기서 말해."

나는 오사랑의 팔을 끌고 밀밭 베이커리 안으로 들어갔다. 오사랑은 웬일로 군소리 없이 따라 들어왔다.

"단골 고객님, 아침에 오고 또 오네?"

나는 주인아줌마한테 반갑게 인사한 다음 오사랑에게 물었다.

"뭐 먹을래? 배 안 고파?"

200

오사랑은 시큰둥한 표정으로 자리에 털썩 앉았다. 팔짱을 낀 채 허리를 꼿꼿하게 세우고 도도하게 앉은 폼이 재수 없었다. 하지만 표를 내서는 안 된다. 나는 지금 내 양심이 내린, 언제 끝날지 모르는 징계를 받고 있는 중이다.

"강아지 좋아해?"

나는 무슨 말을 꺼낼까 고민하다가 불쑥 물었다. 반려견이 그나마 오사랑과 나를 이어줄 끈이었다. 줄곧 딴 데만 시선을 주던 오사랑이 나를 바라봤다. 나는 무슨 생각으로 그랬는지 충전기에 있는 반대쪽 이어폰을 내 귀에 꽂았다. 오 마이 갓! 당연히 영어 회화가 술술 나올 줄 알았는데 이건 엑스보이스의 신곡이었다.

"헐."

오사랑은 내 귀에서 이어폰을 뺏어 갔다. 지난 어울마당 때 오사랑이 술술 불렀던 노래가 생각났다. 오사랑이 설마 엑스보이스 오빠 팬? 어안이 벙벙했다.

"내가 키우는 시츄. 이름은 썸. 구경하고 있어."

나는 그동안 찍은 썸의 사진을 보라고 휴대폰을 오사랑 앞에 놔두었다. 그러고는 용돈을 탈탈 털어 크루아상과 마들렌을 골랐다. 곁눈질로 힐끔 보니 오사랑이 사진을 한 장 한 장 넘겨보고 있었다. 언뜻 입가에 미소가 번지는 것 같았다.

그때 머릿속에 번개가 치는 것 같았다. 아, 맞다. 산부인과 합성 사진. 나는 재빨리 오사랑한테서 휴대폰을 낚아챘다. 오사랑은 영문을

모르겠다는 표정으로 나를 바라봤다. 썸을 보면서 오드리를 떠올렸을
까. 눈에 눈물이 그렁그렁했다. 나는 억지웃음을 지으면서 변명했다.

"잠깐만. 완전 진상 사진이 하나 있어서."

나는 오사랑이 제발 그 사진만은 안 봤기를 빌고 빌고 또 빌었다.
휴대폰 사진을 확인해 보니 썸이 밥 먹는 사진이 담겨 있었다. 그다
음 다음이 바로 문제의 사진. 하느님, 감사합니다. 나는 그 사진을 재
빨리 삭제했다.

"아, 나 가야 돼."

오사랑은 그렇게 말하고 진짜 가게 밖으로 나갔다. 사람 무안하게
하는 데 특출한 재주가 있었다. 됐다, 오늘은 이 정도면. 나는 오사
랑한테 문자를 찍었다.

> 야, 오사랑!
> 나처럼 공부 안 하는 것도 문제지만
> 너처럼 공부 중독도 문제.
> 하늘 좀 봐.
> 너 하늘이 파란색이라는 건 아니?
> 그렇게 만날 앉아서 입시 준비나 하다가
> 건강 해치면 후회함.
> 오후 5:07 햇볕이 보약이라는 말도 있잖아.

오사랑이 내 말에 콧방귀를 뀌건 토를 달건 상관없다. 그건 그렇고 아, 이 꼰대 같은 잔소리는 내 스타일이 아닌데. 나는 팔뚝에 돋아나는 닭살을 손바닥으로 쓱쓱 비볐다.

오후 5:10 **너를 힘들게 하는 건 너 자신이야.**

나는 언제 오사랑이 나한테 했던 말도 그대로 돌려주었다. 얼마 뒤, 답문이 왔다.

지금 하늘 회색 오후 5:30

난 할 말을 잃었다. 아니 어쩌면 오사랑 마음의 하늘도 내 마음의 하늘도 회색일지 모른다는 생각이 들었다.

찬바람이 불었다. 고개를 젖혀 하늘을 올려다보았다. 먹구름이 잔뜩 끼어 있었다. 하지만 먹구름 뒤에 나는 파란 하늘이 숨어 있다는 걸 안다. 해도 있고 눈에 안 보일 뿐 별들도 수없이 박혀 있다는 걸. 먹구름 때문에 수시로 마음에 비가 내리고 눈이 내리고 폭풍우도 치고 폭설이 내리고 진눈깨비도 내리겠지만, 그 먹구름 때문에 파란 하늘이 더욱 소중하고 아름답다는 것도. 혹시 오사랑의 저 그늘진 얼굴 속에도 파란 하늘을 감추고 있는 건 아닐까. 보석 같은 별도 촘촘히 박혀 있는 건 아닐까. 얼마 전 선생님이 보낸 메일처럼 내 눈에 보였던 게 오사랑의 전부는 아닐 터였다. 암만 그래도 오사랑과 절친이 되고 싶지는 않다. 무엇보다 코드가 안 맞는다. 오사랑은 여전히 재수 없을 때가 많다. 다만 오사랑을, 오사랑의 스타일을 인정하고 싶어졌다. 오사랑한테는 오사랑만의 방식이 있는 거니까. 내가 내 멋에 살 듯 오사랑도 오사랑 멋에 사는 거니까. 그때는 그때고, 지금은 지금. 나는 지금 내가 잘못한 부분에 대해 진심으로 속죄할 것이다. 두려움은 내가 만든 허상에 불과했다. 이제 진가인의 본래 모습을 찾을거다. 그리고 언제 기회를 봐서 나도 그때 그 일에 대해선 오사랑한테 사과를 받고 싶다.

12월 21일

P한테 다녀왔다.

결국 내 마음 편하고 싶어서.

언젠가 걔가 주었던 핀을 꽂고.

P는 누운 채 이어폰을 끼고 휴대폰을 만지고 있었다.

나를 거들떠도 안 봤다.

어떤 위로나 격려의 말도 힘을 발휘하지 못할 것 같은 느낌.

P의 내상은 생각보다 깊어 보였고,

시간이라는 묘약이 필요해 보였다.

P가 입에 달고 살았던 롤리팝 막대사탕과 J가 준 초콜릿을 머리맡에 놓아두고,

학교에서 보자, 한마디 하고 나왔다.

미안하다라는 말은 목젖에 걸려 그대로 넘어갔다.

병원 밖으로 나왔을 때 하늘은 온통 회색인데 비현실적으로 눈이 부셨다.

날이 개고 있다는 증거였다.

사람은 안 변한다는 말, 때에 따라선 변하기도 한다는 말로 수정되어야 한다.

그 순간 진심이고, 진심이 모이고 모이면, 변하기도 한다는.

진가인은 나보다 훨씬 용기 있는 애였다.

많이 늦었지만 이제 내 차례인가.

집을 향해 걸었다. 한 걸음 옮길 때마다 가슴에 달렸던 추는 부피와 무게가 줄어드는 느낌이었다. 시간이 좀 더 지나면 발걸음이 새털처럼 가벼워지는 날도 있겠지. 힘을 쭉 빼고 바람에 몸을 맡기면 그대로 휭 날아갈 수도 있을 거다.

집에 들어가기 전 반려동물 용품점에 들러 썸이 먹을 간식을 샀다. 썸의 까만 눈동자와 살랑대는 꼬리와 몸짓을 생각하니 절로 기분이 좋아졌다.

아파트 입구를 지나려는데 모자를 눌러쓰고 어슬렁대는 사람이 눈에 띄었다. 눈에 익은 옷차림이었다.

"아빠?"

후줄근한 옷, 덥수룩한 수염, 꺼칠한 얼굴, 퀭한 눈, 각질이 일어난 입술……. 누가 봐도 노숙자가 따로 없었다.

"딸."

"왜 그러고 있어? 바보같이."

나는 소리를 꽥 질렀다.

"집에 가. 지금 엄마 없어."

나는 아빠의 팔을 잡고 끌었다. 아빠는 순순히 따라왔다.

"어휴, 냄새. 목욕은 언제 한 거야? 밥은? 도대체 꼴이 이게 뭐야? 차라리 깜깜할 때 오든지."

내 질문 공세에 아빠가 입을 벌리고 씩 웃었다. 나는 아빠가 상처받을까 봐 차마 입 냄새 심하다는 말은 못하고 고개를 돌렸다. 그러고는 진심 어린 충고를 했다.

"웃지 마!"

아빠한테 할 말이 많았지만 잠시 보류하기로 했다.

집 현관문을 열자마자 왈왈, 썸이 달려들어 내 품에 안겼다. 나는 아빠를 강제로 화장실에 밀어 넣은 다음 썸을 부둥켜안았다.

"우리 썸썸 배고팠쩌? 언니가 맘마 줄게. 조금만 기다려."

아빠가 삐친 척 나를 바라보는 눈길이 느껴졌다. 아빠가 씻고 나오면 엄마 대신 잔소리를 퍼부을 거다. 일단 집안 대청소부터 시켜야겠다. 설거지도 시키고, 빨래도 시켜야겠다. 엄마 들어오면 편히 쉴 수 있게. 맥락 없이 안도의 한숨이 나왔다. 선도위원회를 앞두고도 이런 평화를 느낄 수 있다는 게 신기할 따름이었다.

그날 밤, 안방에서 엄마 아빠가 투덕대는 소리가 들렸다. 엄마가 다 용서한 줄 알았는데 다른 사고친 게 발각이 됐나. 주로 엄마가 말했고 아빠는 응, 알았어, 고마워 같은 짧은 대답만 했다. 기가 팍 죽은 목소리였다. 가슴속에서 휘몰아쳤던 파도가 가라앉고 잔잔한 물결이 일렁이는 느낌이었다. 곧장 화장실로 가 세수를 하고 수건으로 얼굴을 닦았다. 거울에 비친 내 모습이 어쩐지 좀 단단해 보였다. 심경의 변화가 일으킨 착시일까. 이 변화가 내 삶에 어떤 영향을 줄지는 한참 더 살아봐야 비로소 알게 되겠지. 가슴에 지그시 손을 대니 심장이 기분 좋게 뛰고 있었다.

엄마 아빠의 시간을 방해하지 않으려고 살금살금 내 방으로 들어갔다. 휴대폰에서 작은 불빛이 반짝거리고 있었다. 오사랑이 보낸 긴 문자였다.

나 오사랑.
아무 일도 없었던 것처럼 넘어가면 좋겠다고
샘한테 말했는데……
샘 완전 원칙주의자. 오후 10:50

밑도 끝도 없이 갑자기 훅 들어왔다. 도대체 무슨 말을 하는 건지

한참이 지나서야 이해가 됐다. 오사랑이 그렇게까지 세심한 애인 줄
몰랐다.

> 음, 어디서부터 어떻게 말을 꺼내야 할지…….
> 다 지나간 일인데 뭘 이렇게까지 나오나, 고민 많았어.
> 그러다가 깨달았지.
> 나한테는 지나간 일이지만 너한텐 아닐 수 있다는 거.
> 그때 일 사과하고 싶어.
> 미안.
> 내가 어리석고 많이 부족했어.
> 뭐 지금은 안 그렇단 말은 아님.
> 어울리지도 않게 웬 사과냐고?
> 나도 양심이라는 게 있거든.
> 좀 더 솔직해질게.
> 도저히 공부에 집중이 안 되고 맘이 불편해서.
> 공부벌레에, 이기주의 종결자에,
> 제 잘난 맛에 사는 재수탱이.
> 그게 내 전매특허잖아. 오후 10:59

어? 내가 늘 오사랑 흉보면서 써먹던 말인데, 그걸 어느새 외우고
있었다니. 음, 머리 하나는 좋아, 인정.

208

나 공부할 시간 쪼개서 이거 쓰고 있어.

벌써 한 시간째.

몇 번이나 고쳤다가 다시 쓰다가 했는지 몰라.

사과했다.

네 자존심에 먼저 사과하는 거 쉽진 않았을 텐데

너 좀 변한 거 같다.

그럼 이만. 오후 11:01

아, 정말 내가 졌다. 사과를 이따위로밖에 못 하나? 사과하는 애 태도가 어쩜 이렇게 당당하고 오만할 수 있지. 하지만 거기다 대고 사과는 받는 사람이 준비가 되면 하는 거고 받는 사람이 받아야 끝나는 거라고 사과하는 방식에 대해 뭐라 뭐라 운운할 수는 없었다. 나도 지은 죄가 워낙 커서. 대신 쿨하게 답문을 보내는 걸로 소심한 복수를 했다.

오후 11:11 어.

지금 하늘 파랑

비행기가 활주로를 서행하기 시작했다. 엄마 아빠 나, 온 식구가 함께 여행 가는 건 정말 오랜만이다. 더군다나 드디어 꿈에 그리던 해외여행이라니. 몇 번 기회가 있었는데 그때마다 변수가 생겼다. 태풍, 전염병, IS 폭탄 테러 등등. 우린 해외여행하고는 궁합이 안 맞나 보다, 하고 자조하기까지 했다. 해외여행 다녀온 애들이 자랑하면 부러운 티 내지 않으려고 무진장 노력했던 기억이 난다. 그러고 보면 인생은 변수의 연속이다.

어젯밤부터 내린 비는 대지를 흠뻑 적시고도 모자라 아침까지 내리고 있다. 비를 별로 좋아하지 않았다. 겨울에 눈도 아니고 비라니. 비, 하면 왠지 꿉꿉하고 눅눅한 느낌인데, 여기에 추위까지 더해지자 을씨년스러운 느낌마저 들었다. 뉴스에선 연일 겨울 가뭄으로 인한 피해가 속출하고 있다고 보도했지만 개의치 않았다. 적어도 나는 생활에 불편함을 못 느끼고 있었다. 샤워하고 싶을 때 온수 빵빵하게 틀어서 맘껏 샤워하고 물 마시고 싶을 때 양껏 물 마셨다. 근데 인터넷에 접속할 때마다 단비라고 난리다. 실시간 검색어 순위에도 올랐다. 사람들도 어쩐지 들뜬 표정들이다. 단비. 어감이 참 좋고 예쁘다. 그간 메말랐던 내 가슴에도 촉촉하게 단비가 내리면 좋겠다. 나와는 달리 좀 빈약해 보이는 오사랑 가슴에는 필수. 풋, 나도 모르게 웃음이 나왔다.

비행기가 이륙하자 몸이 붕 뜨는 느낌이 들었다. 비상사태 대비에 대한 안내 멘트를 흘려듣고 창밖을 바라보았다. 철옹성 같아 보이던 먹장구름을 뚫고 위로 솟구쳐 올랐다. 가슴이 두근댔다. 갑자기 눈부시게 빛나는 태양과 드넓게 펼쳐진 파란 하늘이 시야에 들어왔다. 마치 신기루를 보는 듯했다. 구름을 경계로 세상은 완벽하게 둘로 나뉘었다. 머리로 알고 있는 것과 실제 눈으로 확인하는 건 차이가 컸다. 순간 파란 바다 같은 하늘에 풍덩 빠지고 싶은 충동이 일었다. 보는 것만으로 맑은 바닷물에 온몸을 헹군 기분이었다.

나는 비행기 날개와 파란 하늘에 흰 구름 둥둥 떠다니는 풍경을 휴대폰 카메라에 담았다. 그러고는 어쩌면 비 오는 하늘을 바라보고 있을 것 같은 오사랑한테 사진과 문자를 보냈다.

12월 28일
학원 수업 중에 진가인한테 문자가 왔다.

어쩐지 올 것 같더니.

지금 하늘 파랑

피식 웃음이 나왔다.
창가 쪽 하늘을 올려다보았다.
잿빛 하늘에선 비가 내렸다.
길거리가 흠뻑 젖어 있었고 뿌옇던 대기는 깨끗해졌다.
시선을 뗄 수가 없어 한참을 바라보았다.
그러다가 수학 샘한테 지적을 받았다.
하늘이 너무 파랗잖아요, 했더니
뭐 잘못 먹었니? 하고 빈정댔다.
다들 웃음이 빵 터졌다.
수학 샘한테 방학 전이라고 나사가 빠진 것 같다고,
지금 그럴 때냐고 한참 설교를 들어야 했다.
애들은 의외라는 듯 오, 소리를 냈다.
그 소리가 사랑스럽게 들렸다.
오, 사랑스럽게 들렸다.

문득 어쩌면 인생은 자신만의 주파수 찾기 아닐까하는
생각이 든다.

엄마 차로 등교할 때, 엄마는 지하 주차장에서부터 습관적으로
라디오를 틀곤 했다.
라디오에서는 연신 치지직 잡음이 새어 나왔다.
방향을 틀거나 지상으로 올라갈수록 주파수가 잡히다가
지상으로 올라오는 순간,
때로는 감미로운 음악이, 때로는 신나는 음악이
차 안 가득 울려 퍼지거나
열린 차창을 통해 아침 대기 속으로 퍼져나갔다.
그러니까 나는 지금 나한테 맞는 주파수를 찾는 중인 것이다.
진가인도 박미라도 아마 그럴 거다.
그 과정에 온갖 잡음이 생기고 방향을 못 잡아 헤매더라도
계속 길을 가다 보면 어느새 자기한테 맞는 주파수가 잡힐 거다.
그럼 나에게서도 흥얼흥얼 노랫소리가 흘러나오게 될까?

컴컴한 방에서 단단해지는
어느 푸른 날

처음 우리 반 단톡방을 만들었을 때 일을 기억한다.

신기한 이모티콘과 현란한 스티커와 아리송한 채팅어들이 순식간에 나타났다가 사라지는 통에 정신을 못 차렸다. 그래도 요즘 애들의 언어나 생각을 엿보는 재미가 쏠쏠했다.

마음의 여유가 사라지자 차츰 시들해졌다. 알림 설정을 꺼놓게 되었고, 어느 순간 눈팅만 하게 되었다. 그러는 동안 애들은 농담의 수위를 높였고, 가끔은 욕설을 서슴지 않았으며, 더러는 혐오 발언을 일삼기도 했다. 애들은 담임 선생님이 단톡방에 있다는 사실을 잊은 듯했다. 정색하고 한마디 안 할 수 없었다. 이후 단톡방은 잠잠해졌고 나는 씁쓸했다.

어른 아이 할 것 없이 SNS는 중요하고 유용하고 편리한 소통 수단이다. 문제는 종종 SNS를 감정 배설 창구로 이용한다는 것이다. 끼리끼리 모이면 없던 용기가 생기는지 말을 너무 쉽게 내뱉는다. 욕구 불만을 마구 분출한다. 사람을 바보로 만드는 건 일도 아니다. 생각만으로도 섬뜩한 일을 도모해 다른 이의 평온한 삶에 흠집을 내기도 한다.

뇌를 거치지 않고 쏟아내는, 인간에 대한 이해나 존중이 배제된 말들은 그대로 독이 된다. 삶을 휘청거리게 할 수 있을 정도로 맹독성이다. 내상은 생각보다 깊어 좀처럼 헤어 나오기 힘든 우울의 방에 갇히기도 한다. 이어지는 한숨, 눈물, 절망 그리고 감당하기 버거운 숱한 먹구름의 시간들…….

그렇지만 믿는다.
기어코 그 컴컴한 방 어딘가에서 커튼을 찾아 젖히고,
창문을 열고,
맑은 공기를 마시고,
바람을 쐬고 햇볕을 쬐며 활짝 기지개를 켜게 되리라는 걸.
이 세상 모든 진가인과 오사랑의
단단하고 푸른 삶을 응원하며…….

정연철

나는 안티카페 운영자

1판 1쇄 발행 | 2020. 7. 23.
1판 3쇄 발행 | 2022. 5. 27.

정연철 지음

발행처 김영사 | 발행인 고세규
편집 박지현 | 디자인 홍윤정 | 마케팅 이철주 | 홍보 박은경 조은우
등록번호 제 406-2003-036호
등록일자 1979. 5. 17.
주소 경기도 파주시 문발로 197 (우10881)
전화 마케팅부 031-955-3100 편집부 031-955-3113~20 | 팩스 031-955-3111

값은 표지에 있습니다.
ISBN 978-89-349-9049-9 43810

좋은 독자가 좋은 책을 만듭니다. 김영사는 독자 여러분의 의견에 항상 귀 기울이고 있습니다.
전자우편 book@gimmyoung.com | 홈페이지 www.gimmyoungjr.com

이 도서의 국립중앙도서관 출판예정도서목록(CIP)은 서지정보유통지원시스템
홈페이지(http://seoji.nl.go.kr)와 국가자료공동목록시스템(http://www.nl.go.kr/kolisnet)에서
이용하실 수 있습니다. (CIP제어번호 : CIP2020025323)

어린이제품 안전특별법에 의한 표시사항

제품명 도서 제조년월일 2022년 5월 27일 제조사명 김영사 주소 10881 경기도 파주시 문발로 197
전화번호 031-955-3100 제조국명 대한민국 ⚠주의 책 모서리에 찍히거나 책장에 베이지 않게 조심하세요.